世界少年经典文学丛书

小天鹅

[俄罗斯]西比利雅克　著

邢　舫　编译

中国出版集团　现代出版社

图书在版编目(CIP)数据

小天鹅／(俄罗斯)西比利雅克著；邢舫编译. —北京：现代出版社，
2013.2 (2025.1重印)

ISBN 978 – 7 – 5143 – 1275 – 1

Ⅰ. ①小… Ⅱ. ①西… ②邢… Ⅲ. ①童话 – 俄罗斯 – 近代 – 缩写
Ⅳ. ①I512.88

中国版本图书馆 CIP 数据核字（2013）第 022118 号

作　者	西比利雅克
责任编辑	刘　刚
出版发行	现代出版社
通讯地址	北京市安定门外安华里 504 号
邮政编码	100011
电　话	010 – 64267325　64245264(传真)
网　址	www. xdcbs. com
电子邮箱	xiandai@ cnpitc. com. cn
印　刷	三河市嵩川印刷有限公司
开　本	700mm×1000mm　1/16
印　张	9
版　次	2013 年 2 月第 1 版　2025 年 1 月第 4 次印刷
书　号	ISBN 978 – 7 – 5143 – 1275 – 1
定　价	39.80 元

序　言

　　孩子是未来的希望，是父母心中的天使，是充满快乐的精灵。小学阶段更是孩子最快乐的时光，是孩子成长发育的黄金阶段。为了让孩子学习更多的课外知识，享受更加丰富的学习乐趣，我们策划了本丛书！

　　从小让孩子多读课外书，对培养孩子健康的心态和正确的人生观无疑将起着非常重要的作用。自《语文课程标准》公布以来，不少富有敬业精神、有才干的教师，在他们的教学中，担当起阅读教育的重担。他们在严谨的选材中，利用丰富的文学资源，向学生推荐了大量优秀的课外读物，实施了以"练成阅读和作文的熟练技能"为重要内容的阅读教育。大千世界充满了丰富的知识。阅读能丰富小学生的语文知识，增强阅读能力，提高写作水平，开阔视野，增长智慧。阅读本丛书，能够使孩子享受到阅读的快乐，激发起更浓厚的阅读兴趣，孩子的生活将充满新的活力与幸福！本丛书精选了世界名著和中国经典书目中流传最广、影响最大、最脍炙人口的作品，是培养小学生理解能力、记忆能力、创造能力的最佳课外读物。

　　最后需要指出的是，本丛书把世界上流传甚广的经典童话、寓言等也尽收其中，并将这些文学作品重新编写审订，使作品在不影响原著的基础上更适合少年儿童阅读，在丰富他们课余生活的同时提高语言和文字表达能力。本丛书通过科学简明的体例、丰富精美的图片等有机结合，使小读者不仅能直观地领略作品的精髓，而且还能获得更为广阔的文化视野和愉快体验。希望本丛书能成为孩子生活的一缕阳光照亮孩子前进的道路，能成为一丝雨露滋润孩子纯净的心灵。

编　者

目　录

好心的猎人

一

在遥远的乌拉尔山北部，在树林里没有路的很多僻地里，隐藏着一个叫蒂契基的小村。村中一共有十一户人家，实际上只有十家而已，因为第十一家在树林的边上，完全是孤立的。小村子的四周，常青的针叶树像城墙锯齿般耸立着。从枞树和杉树的顶上，能够望见远处几座高山，那些高山仿佛是巨大的青灰色屏风，故意从四面八方围绕着蒂契基这个小村子。最靠近蒂契基村的，是那伛背形的路乔佛山，这座山有灰白色的、毛茸茸的山顶，如果遇到阴霾的天气，山顶就会隐没在暗灰色的云雾里。

从路乔佛山上流出许多条小溪。有一条欢快地流向蒂契基村，不论春夏秋冬，总是把眼泪般清澈的水供给这个小村子。

蒂契基村的房子并不是有计划地建造起来的，而是谁爱怎么造就怎么造。有两幢小房子就在溪边，另一幢在陡坡上，其他的房子像羊群一样沿岸边分散着。

蒂契基村甚至连一条街道都没有，只是在一幢幢的小房子中间，践踏出弯弯曲曲的小路。蒂契基村的农民们仿佛不需要街道似的，因为街道上从来没有交通工具行驶，而且蒂契基村人根本也没有车。

夏天，这村子常常被不能通行的泥潭、沼泽和密林包围着，所以只能沿着林中的羊肠小路步行，才能勉强通行，但是这样也并不是每次都能够成功通过的。下雨的时候，小溪汹涌地泛滥着，蒂契基村的猎人们就只能等待两三天，等着溪水逐渐退下去。

蒂契基村的农民都是非常高明的猎人。不管是夏天或者冬天，他们几乎都不离开树林，因为利益就在他们的身边。一年四季他们都能打到一定的猎物：冬天他们打熊、狼、貂、狐狸；春天打野山羊；秋天打松鼠；夏天打各种各样的飞禽。总而言之，全年都有繁重而危险的工作等待着他们。

在紧靠树林的那幢小房子里，住着老猎人叶美利和他的小孙子格里苏克两个人。

叶美利的房子几乎完全埋在泥地里，只可以通过一个窗户窥视这世界。小房子的顶已经坏了，烟囱也只剩下一些塌下来的砖头。栅栏呀、大门呀、旁边的偏屋呀，这些在叶美利的小房子里都是没有的。只有在那个没有刨过的圆木台阶下，夜里有一只饿得发慌的叫莱斯克的狗吠着——它是蒂契基村里最好的猎狗。在每次打猎前的两三天，叶美利为了让它更好地找寻和追赶野兽，总是会用饥饿去折磨这条不幸的猎狗。

"喂，爷爷……爷爷……"一天晚上，小格里苏克艰难地发问，"这个时候鹿都是带着小鹿一块儿出来的吗？爷爷！"

"是的，格里苏克。"叶美利回答，这时他已经快编好一双新的草鞋了。

"爷爷，那么，如果您能够把小鹿弄来那该多好呀……你说对吗？"

"等会儿，我们一定能把它弄来的……等到天热，大鹿带着小鹿到树林里躲避牛虻的时候，格里苏克，爷爷一定给你弄来！"

小孩子不出声了，只是难过地叹了口气。格里苏克只有五六岁，现在他在宽阔的木板床上，在那暖烘烘的鹿皮下面，已经躺了将近一个多月了。

早在春天融雪的时候，小孩子就受寒了，而且总是好不了。他那黝黑的小脸变得苍白了，瘦长了，眼睛也变大了，鼻子也变尖了。叶美利看到孙子不是一天一天变瘦，而是一小时一小时变瘦；可是他不知道自己怎样做才能挽回这件不幸的事。叶美利给小孙子喝了草药，带他去洗了两次澡，然而病并没有好转。这孩子几乎什么也吃不下，只能啃些黑面包皮。虽然在春天留下了一些腌山羊肉，但是格里苏克连看都不愿意看。

"哦，他想要一只小鹿……"老猎人叶美利一边编织草鞋，一边想，"我应该去给他弄一只来！"

叶美利已经七十来岁了，白发驼背，瘦瘦的身体，还有一双长长的手。他的手指弯曲得很厉害，好像干枯树枝一样。但是他走路还是很有精神的，打猎也可以打到些东西。只是现在眼睛已经不是很听使唤了，尤其是在冬天，当雪花像钻石的粉末在周围闪烁发光的时候，他的视力就更加糟糕了。叶美利的眼睛不好，烟囱塌了，连屋顶也坏了。在别人都到森林中去打猎的时候，他只能独自坐在小房子里。

这本来应该是老头子在温暖的炕上休息的时候了，但是没有任何一个人来代替他，而且还有格里苏克需要他来照顾呢……三年前，格里苏克的爸爸因为害热病死了；妈妈呢，在一个冬天的晚上，当她从村子带着小格里苏克回到自己的小房子里时，不幸被狼吃掉了。格里苏克却奇迹般的活了下来。面对狼时，母亲用自己的身体遮住了他，所以格里苏克才能够活下来。

老头子好不容易才把他养大，然而他又害病了。真是祸不单行……

二

快到六月底了，此时正是蒂契基村最热的时候。只有老人和小孩留在家里，猎人们早就散布到林里去猎鹿了。可怜的莱斯克在叶美利的小房子里面，就像冬季的狼一样已经饥饿地喊叫三天了。

村里的女人们纷纷议论说："叶美利必定是要准备去打猎了。"

这倒是真的。她们看到，叶美利从他的小房子里走出来，手中拿着火绳枪，解开了莱斯克，向树林里走去了。他穿着刚编的新草鞋，背着装粮食的布袋，披着破破烂烂的外套，头上是温暖的鹿皮便帽。老头子很早就不带边帽了，不管是冬天还是夏天，他出去是总戴着鹿皮便帽，因为它不仅冬暖夏凉，还能够保护老头儿的秃顶。

"喂，格里苏克，当我不在家的时候，你自己好好歇歇吧！……"叶美利临走嘱咐孙子说，"我去猎鹿，玛拉雅大婶会定时来看你的。"

"爷爷，你一定会带小鹿回来吗？"

"要带回来的，我早就已经说过啦。"

"黄橙橙的，是吗？"

"对，是黄橙橙的。"

"好的，我等你回来……你可要留心点，打枪的时候别打错了……"

叶美利早就准备好去猎鹿了，可是总是舍不得丢下孙子一个人在家里，现在这孩子似乎是好点了，老头子就决定去试试自己的运气。而且还有玛拉雅大婶照料孩子，总比他独自躺在小屋子里要好得多。

叶美利在树林里，就跟在自己家里一样。他一辈子带着枪，带着狗，在树林里来来往往，这树林他再熟悉不过了。在方圆一百里内，一切记号，一切小路，老头子都是非常熟悉的。

现在，七月快完了，树林非常的美丽：草丛中盛开着各式各样的花，真是五彩缤纷，空气里弥漫着香草的奇特香味，夏天亲切的太阳在天空中高高张望着，把树林、青草、在香蒲里淙淙地流过的小溪、遥远的山头都照射得亮堂堂的。

对啦！正因为这周围如此美好，叶美利才会屡次停留下来，歇歇气并向后眺望一下。

他走的小路要绕过陡峭的山谷和好些大石头，弯弯曲曲地像蛇一样通到山上。

高大的树木已经被砍倒了，但小路的附近长着许多小白桦树、山梨树、忍冬树，它们像张开的绿色天幕。到处可以碰到茂密的小枞树嫩枝，它们像绿色的刷子一样整齐地在路地两旁生长着，快活地伸出了毛茸茸的手掌般的桠枝。

半山腰有个地方可以望到远山和全部的蒂契基村。然而从这里看，那些农舍只是些小小的黑点。叶美利遮住了耀眼的阳光，长久地呆呆地望着自己的房子，想念着他的小孙子。

叶美利说："喂！莱斯克，快找呀！"那个时候，他们已经从山上下来了，从小路转到繁茂的密密麻麻的枞树林里去了。

对莱斯克是不必发出第二次命令的，因为它很懂得自己应该干些什么，所以它把尖鼻子紧贴着地面，渐渐消失在了浓密的绿色森林里。只有背上带着的那些黄色的小点子偶尔闪现着。

开始打猎了。

一棵棵枞树的尖树梢高耸入云，毛茸茸的树枝相互交叉着，就这样在猎人的头顶上形成了密不透风的黑暗的穹隆，只有几个地方太阳光快乐地穿过，就像金黄色的斑点一样落在淡黄色的苔藓或者羊齿草那宽阔的叶子上一样。在这样的树木下，青草是不能生长的，叶美利在柔软的淡黄色的苔藓上行走着，如同行走在地毯上一样。

老猎人在这片树林里慢慢地走了好几个小时。莱斯克好像掉到水里似的毫无踪影，只能偶尔听到在脚下有些树枝折断的声音，或者是啄木鸟飞来飞去的声音。叶美利仔细地察看着周围，看是不是有什么地方留下了分叉的蹄子，看土堆上是不是有被啃过的鲜草。

天黑了，老头子感觉很疲倦，必须想想怎么才能过夜了。

叶美利想："大概鹿都被别的猎人吓跑了吧。"

可是这时他却听到了莱斯克微弱的尖叫声，也听到前面有树枝摩擦的声音。叶美利靠着枞树等待着。

是鹿，真的是鹿，是角上有十个丫叉的大美鹿，它是这个树林里最高贵的野兽之一。它仰着头把像树枝一样的角贴到背上，仔细地去倾听着，去嗅着空气，仿佛准备着要在一刹那间能够像闪电一般消失在绿色的密林里。

叶美利老头看到了那头鹿，但因为距离太远，子弹是射不到的。莱斯克则躺在树丛里，屏息等待着枪的响声。它听到了鹿的声音，也嗅出了它的气味。

这时枪声响了，鹿像箭一样地快速向前奔去了。叶美利没有打中它，莱斯克因为饿得难受而哀叫起来。可怜的小狗，它好像已经闻到了烧鹿的气味，看见了引起它食欲的肉骨头，那是它主人特意丢给它的。可是，它的希望落空了，仍然不得不饿着肚子躺着。这是件多么不愉快的一件事呀！

"唉！让它去散步吧！"到了晚上的时候，叶美利坐在稠密的百年老枞树下的火堆旁，就这样说道："我们一定要弄到小鹿的。莱斯克，听见了吗？"

狗只是悲哀地摇摇尾巴，并且把尖尖的头夹在了两条腿的中间，今天，它是多么的不容易才得到了一小块干面包皮，那是叶美利特意丢给它的。

三

三天以来，叶美利一直带着莱斯克在树林里走来走去，但却没有一点儿收获，大鹿和小鹿都没有出现过。

虽然老头子已经觉得筋疲力尽了，但是却不想空着手回家去，虽然莱斯克也猎到了一对小兔子，但是它也很灰心，并且变得更瘦了。

在树林里的火堆边他们度过了第三个夜晚。叶美利老头就是在睡梦里也经常看见那只黄橙橙的小鹿，那是格里苏克希望他猎到的。老头子好多次侦察到了，并且瞄准了他的猎物，但鹿每次都在他眼前跑掉了。莱斯克大概也梦见过鹿了，因为有好几次它在睡梦中尖叫着，并且发出低沉的吠声。

到了第四天的时候，猎人和狗都已经一点力气也没有了，然而恰巧就在此时他们找到了母鹿和小鹿的痕迹。那是在浓密繁茂的枞树林的山坡上，莱斯克第一个发现了鹿过夜的地方，后来又找到了草里紊乱的脚印。

"母鹿带着小鹿，"叶美利看着草里大小的蹄子印，在那里想着："今天早晨才从这里走过……莱斯克，小乖乖，快去找呀！……"

天非常热，太阳毫不留情地照着。狗伸出了长长的舌头，但还是努力在灌木丛林和草里嗅着。叶美利艰难地拖着腿，突然听到了熟悉的树枝折断声和簌簌声……莱斯克立刻躺到草里，不动了。叶美利的耳边，好像响起了孙子的声音："爷爷，去猎小鹿回来呀！而且一定要是黄橙橙的。"那个是鹿妈妈……美丽的母鹿。它停在树林边上，害怕得直直地望向叶美利，一群小虫嗡嗡地在它上面飞舞打转，使它不停地发抖。

"不，你不要欺骗我呀。"叶美利一边想着，一边从埋伏的地方迅速地爬出来。

鹿早就觉察到了猎人的存在，但却勇敢地注视着他。

"这是母鹿想把我的注意力分散，以便把我的注意力从小鹿身上引开。"经验丰富的叶美利想着，追踪得更近了。

当老头子在对鹿瞄准时，母鹿小心翼翼地跑了几丈远，又停了下来。叶美利重新带着枪爬过来，又慢慢地潜近了它，但是当叶美利要射击时，鹿又隐没了。

"你是骗不了我的。"叶美利嘟哝着。他一连好几个钟头都耐心地追踪着这只野兽。

人与动物就这样斗争着，一直持续到了晚上。这高贵的动物已经经过十次生命的冒险，努力想要把老猎人从躲着小鹿的地方引开；叶美利对母鹿这种勇敢的精神感到既愤怒，又惊异。总之，它必定是逃不掉的……有多少次他几乎就要打死这只打算牺牲自己的母鹿了！莱斯克总是像影子一样在主人的后面，当它的主人完全找不到鹿的时候，它就仔细地用它那热鼻子把鹿找出来。

老头子回头望了望，便坐了下来。因为在离开他大约有十丈远的地方，在那棵忍冬树的下面，站着一只黄橙橙的小鹿，就是为了它，他们花了整整三天的工夫。这是一只非常美丽的小鹿，生下来才不过几个星期，它有着细长的脚和黄的绒毛，向后仰着美丽的头。当它竭力设法折取那高高的小树枝时，总是向前伸着细长的脖子。老猎人怀着紧张的心情，拨上了枪的扳机，便对着那只没有任何保障的小动物的头瞄准了……

只要一刹那——小鹿就将带着死前痛苦的呻吟声，滚在草地上了，但也就在那一刹那，老猎人忽然想到那勇敢地去保护小鹿的妈妈，又想到格里苏克的母亲也同样勇敢地用自己的身体从狼嘴里救下了自己的孩子……老叶美利感到心里很乱，于是放下了手中的枪。小鹿依然走在灌木丛边，不时地还啃着树叶，倾听着细微的声响。叶美利很快就站起身来，吹了一声口哨，——那些小动物便快得像闪电般，逃到灌木丛里去了。

"哎哟，多快呀……"老头子一边说，一边微笑着。"一眨眼！就像箭一样……全都跑掉了，莱斯克，我们的那只小鹿！喂，你看它逃走了，它还要继续长大的……哎哟，真是灵巧呀！"

老头站在那儿好久，他微笑着回想逃跑的那只小鹿。

第二天的时候，叶美利走近自己的那座小房子。

"喂，亲爱的爷爷！带小鹿回来了吗?"格里苏克着急地问着，他已经等了好久了。

"没有呀，格里苏克……可是我真的看见它了……"

"黄橙橙的吗?"

"正是黄橙橙的，但是嘴巴是黑的，它站在灌木丛底下，正在啃着树叶。我也瞄准了它……"

"你没打中它，是吗?"

"不是呀，格里苏克，我可怜那只小野兽！……也可怜它的妈妈。我吹了口哨，它，那只小鹿，飞快地跑到森林里去了……跑得可真快，那只小顽皮……"

老头子用了好长时间对小孩讲解这个故事，详细地说他怎样在树林子里，怎么样花了三天的工夫找那只小鹿，后来又是怎样让它逃跑了。

小孩子一边倾听，一边跟老祖父开心地笑着。

"我给你带来了一只雉鸡，我的格里苏克。"叶美利讲完了那个故事，末了又加上这么一句："它被狼吃掉是迟早的事。"

雉鸡被拔光了毛，放进了锅子里。那个害病的孩子，怀着满足的心情喝光了雉鸡汁。到了要睡觉的时候，又问了老头好几次：

"它真的逃跑了吗，那只小鹿?"

"真的逃跑啦，我的格里苏克……"

"黄橙橙的吗?"

"对，它是黄橙橙的，只是嘴巴和蹄子带了些黑色。"

一整夜，小孩子在整个睡梦里一直看着那只黄橙橙的小鹿，它跟它的妈妈开心地在树林里散步。睡在炕上的那个老头在梦里也微微地笑了。

斯都琴河上的小猎屋

一

　　老头儿躺在火炉旁边的长凳上，身上盖了一件毛快脱完的旧鹿皮袄。时间的早晚，他不知道，而且也不可能知道，因为天亮得很迟，而且天空从昨天晚上起就被低低的秋云遮着。他非常地不愿意起身：小屋子里很冷很冷，而且几天来他一直背痛、脚痛，他不想再睡了，他就想这样躺着，只是为了消磨时间而已。他又能有什么地方忙着要去呢？

　　一阵阵轻轻的搔门声把他弄醒了——那应该是蒙慈加尔各在叫门。这是一只伏古尔种的小花狗，它住在这间小屋子里已经有十多年了。

　　"我想要揍你一顿，蒙慈加尔各！"老头儿把头严严实实地蒙在皮袄里喊，"看你还敢不敢来搔我的门……"

　　狗暂时停止了搔门，但后来突然拉长了声调可怜地叫了起来。

　　"唉，真该让狼把你吃掉！"老头儿慢慢地从长凳上爬了起来，一边起一边骂道。

　　他在黑暗中走近门，接着打开了门，于是他完全明白了为什么会背痛，狗又为什么会叫。从微开的门缝里所能看到的东西，都被大雪掩盖了。是的，现在他清楚地看见一只由柔软的雪花形成的网在空中回旋着。小屋子里虽然黑暗，但在雪的映衬下什么都看得见了——耸立在河对面树林后的高矮不一的墙，发黑的河流，还有像峭壁一样凸出到河里的山岬。

那条聪明的狗蹲在那扇已经打开的门前，用那双伶俐而又富于表情的眼睛望着主人。

"咴，没有什么话说呀，什么都完啦!"老头儿回答着狗眼睛里缄默的疑问，"老弟呀，一点办法都没有……完蛋了!"

狗摇摆着尾巴，用它迎接主人时唯一的亲切尖锐的声音低声地叫着。

"嗯，这次完蛋啦，我又能有什么其他的办法呢? 蒙慈加尔各! 我们美好的夏天已经过去了，现在只能躲进洞里去了……"

紧接在说过这些话以后，是一阵轻微的跳跃声，蒙慈加尔各比它的主人先来到了小屋里。

"难道你不喜欢冬天吗?"老头儿一面在用天然石块砌成的旧火炉里生火，又一面对狗讲话，"你不喜欢冬天，是吗?"

火炉里摇晃着的火焰照亮了老头儿睡觉的长凳和小屋子里所有的角落。黑暗里便出现了一些熏焦的和长了霉的木头、挂在角落里的旧渔网、没有编好的新草鞋和在木钩上晃动着的几张松鼠皮。最靠近炉子的是坐着的老头儿——他驼着背、面容可怕、头发花白。这张脸的一边就好像是被掀起一样，左眼睛含着泪水，并且被肿胀的眼皮掩盖着。然而他还有一部分丑陋被白胡子掩盖了起来。在小狗蒙慈加尔各看来，老头儿长得既不是很漂亮，也不是很难看。

在老头儿生炉子的时候，天已经大亮了。冬天灰色的早晨来得是那么迟，难得出现的太阳好像有一些舍不得照耀似的。在小屋子里勉勉强强能够看见远处的一堵墙，墙边是一张宽大的板床，是用笨重的木块制成的。屋子只有一个窗户，一半糊着鱼泡，从此依稀地透着光。

蒙慈加尔各坐在门边，耐心地观察着主人，偶尔也摆摆自己的尾巴。狗的耐性有时也是有限度的，所以蒙慈加尔各又低声叫了起来。

"再等一会儿，别忙，"老头儿如此回答它，顺手把一只盛水的铁锅搬到了靠近窗口的地方，"放心，你来得及的……"

蒙慈加尔各在那躺着，尖尖的头枕在两只前脚上，目不转睛地盯着主人。当老头儿把有破洞的短袄披搭在肩头上时，狗儿快活地叫起来，并且迅速地扑到门口去了。

"我的腰痛了三天……"老头儿边走，边对狗解释，"可见我要倒霉呀。雪下成这个样子……"

只一夜的工夫，周围的一切都变了：树林显得近了，小河显得窄了，冬天低低的云显得离地面更近了，只是雪没有挂在杉树和枞树的树梢上罢了。这景象基本上可以说是很凄惨的，鹅毛般的雪片继续在空中飘舞着，然后又无声无息地落到死寂的大地上。

老头儿回头，看看自己的小屋子，那后面是一片非常浑浊的池塘，塘里长着些高高的灌木和粗硬的杂草。这池塘断断续续足够有五十俄里长，把小屋子和整个活的世界彻底隔绝开来，现在老头儿觉得这小屋子显得非常渺小，好像在一夜之间陷进地里去了似的……

靠岸系着一只小小的独木船。蒙慈加尔各第一个跳了进去，前脚支住了船舷，双目炯炯有神地望着在河上游突出的山岬，轻轻地叫了起来。

"大清早有什么可高兴的?"老头儿也向它喊道，"你先等一会儿，没准什么都没有了……"

小狗知道有东西，所以又叫了起来，因为它看到撒在河流深处的渔具浮标沉下去了。小船开始沿着河岸向上游驶去。老头儿站在那，撑着篙。他凭借着狗的叫声也知道有收获了。渔具真的沉到了一半高，当小船慢慢驶近时，木头的浮标又向下沉去了。

"真有了，蒙慈加尔各……"

渔具是横撒在河里的、用细绳编的毛制的钓丝和马缰绳做成的。在每根马缰绳的末端都有一个尖钩。老头儿靠近渔具时，小心翼翼地把它拖进船。捕获物很多：几条鲈鱼、两条大鲑鱼、一条梭鱼和五条鲟鱼。

梭鱼很大，真的要费好一番手脚来对付它。老头儿非常小心地把它拉近到船边，先用篙子把它打昏，接着再拉它出水。蒙慈加尔各坐在船头，仔细地注视着老头儿的那些工作。

"蒙慈加尔各，你喜欢吃鲟鱼吗?"老头儿指着鱼儿逗它，"可是你不会捕鱼呀……等一等，我们今天来煮鱼汤喝。阴雨天鱼非常容易上钩……

在水底深处它们躲在石坳里过冬，我们就从水底捕捉它们：所有的鱼都会是我们的。我们采用篝火来捕鱼吧……好，那我们现在回家去吧！我们把捕起来的鲈鱼晾干，然后再卖给那些商人。"

从春天起老头儿就开始储藏鱼了：一部分在太阳光下晒干，另一部分在小屋子里晾干，其余的那些就倒在像井一样的深坑里，那一部分就将作为蒙慈加尔各的食物。鲜鱼，他是整年都不会少的，只是他缺少盐来腌鱼；还有就是粮食，像现在这样，也不是经常能弄得到的。他只留下了一年的存粮。

"大车队不久就会过来了，"老头儿对狗说，"他们将会给我们运来盐、粮食、火药。但是我们的小屋子就要塌了，蒙慈加尔各！"

秋天的日子是短暂的。老头儿经常在他的小屋子四周走来走去，修修这个，又整整那个，预备更舒服地度过冬天。有的木缝里长出了一些薛苔，有的木头腐烂了，有的屋角沉陷了，眼看着就会塌掉。早就应该去盖新的房子了，但是一个人实在没有办法的呀。

"这样大概还能过一冬吧，"老头儿想着说，一面还用斧头敲着墙，"等到大车队一到，到了那个时候……"

下的这一场雪，把老头儿的全部思想都引到了大车队这一件事上，大车队是在河结冻以后，沿着初雪上的橇道来的，他一年就这一次可以见到人，所以他才这般的期待。

蒙慈加尔各十分明白主人说的每个字，它一听到"大车队"这个词语，就向河流的上游远眺。同时快活地尖叫起来，就像想回答说：那里，在山岬后面就是大车队行进的地方。

小屋旁边搭起了一间很大的矮板房，夏天矮板房被用来堆东西，冬天的时候会作为车夫们晚上休息的地方。老头儿为了给马在冬天遮挡风雨，从秋天起就在板房旁边用毛茸茸的小杉树做了一个大围栅。马在经过长途跋涉之后疲倦了，浑身大汗淋漓，可是吹来的是冷风呀，特别在日出的时候。啊，那吹的是怎样的风呀——甚至连树木都受不了，它们的树枝都被吹到了春天所有的鸟儿飞过来的那个方向。

　　老头儿干完活以后，就会坐在小屋窗下的树墩上沉思。狗坐在他的脚边，把头放在他的膝盖上。

　　老头儿到底在想些什么呢？

　　第一场雪既使他高兴，又引起了他的忧思。他回想起了那个斯都琴河流出来的山岭，在那里有他许多美好的回忆。

　　那有他自己的房子、有他自己的家，也有他自己的亲人，但是如今却什么都没有了。他比家人活得都长久，你看老天爷把他打发到这儿来完结他的一生，他死的时候，谁会来给他合上眼皮呢。唉，孤独真难受。这里四周都是树，全年寂静，也没有谁能够与他交谈呀。现在惟一的安慰就是这条狗啦。老头儿很喜爱它，比人之间的相爱还要深些。要知道它就是他的一切，而且它也很爱他哩。在打猎时，为了搭救主人曾经不止一次它做好了牺牲自己性命的准备，它是非常勇敢的，曾经被熊弄伤过不止两次。

　　"要清楚你现在也老了，蒙慈加尔各，"老头儿抚摸着狗的背部说，"瞧，连背脊也直了，牙齿也变得钝了，眼睛也看不清了……唉，老家伙呀，老家伙呀，冬天狼可能会把你吃掉的！看起来我和你都到了快死的时候了！"

　　狗也是同意他的说法的。它更紧地挨着主人，可怜巴巴地眨着大眼睛。

　　他坐在那，一直望着变黑了的河流，望着沉寂的森林。森林像绿色的城墙一样，延伸了一百俄里长，一直到结了冰的海洋。老头儿望着斯都琴河上游那连绵不断微微发白的远处的那些群山。他一动不动地望着，完全沉醉在他那些沉重的暮年思念中。

　　这就是老头儿所回忆的事情。

　　他出生并生长在考尔伐河上树木多而偏僻的却尔班村里。那村庄很偏僻，有很多树林，却不产庄稼，为了谋生，老百姓们有的打猎，有的打鱼，有的撑木排。村民很穷苦，就像契尔屯边区其他的村子里的村民一样。但是，有许多人都到别的地方谋生去了：有的到乌索利耶的腌鱼厂，有的到维雪尔河去做浮运木材的工人（那里有许多木材工业家在造十分庞大的驳船），还有到卡玛河一带的铁工厂去工作的。

那时老头儿还是个年轻的小伙子，村子里的人叫他叶列式加。他的家人都叫他希西马尔。他的父亲是一个猎人，很小的叶列式加跟着父亲走过了整条考尔伐河。他们打松鼠、松鸡、鹿、貂和熊，也可以说是遇见什么就会去打什么。他们一离开家去打猎就是两三个星期。

后来叶列式加慢慢地长大了，娶了妻，挣得了自己在却尔班的房子，但仍旧以打猎为生。叶列式加的家庭渐渐地扩大了，有了两个男孩和一个女孩，可爱的小孩们慢慢长大，他们或许会成为父亲老年时的一个好帮手吧。可是老天爷却仿佛另有安排：在霍乱流行的那一年，叶列式加的家人都死光了……

这件悲惨的事发生在秋天，那时他和其他猎人合伙到山里打鹿去了。他去时还有家人，回来时却成了独身汉。那时有一半却尔班村里人都死了：霍乱是从卡玛传播到考尔伐来的，那些却尔班村的老百姓撑木排到卡玛去，就把像割草一样杀人的可怕疫病带来了。

叶列式加悲痛了很长一段时间，但是他没有再娶：要重新建一个家已经太迟了。

他就这样变成了独身汉，把生活中更多时间花在打猎上了。

在森林里很快乐，叶列式加已经过惯了这种生活。然而这里也有一件非常不幸事情深深震动了他。他在一个熊洞的周围绕了一圈，就看到了一头大熊，并且已经预算好了熊皮在契尔屯能够卖到五卢布左右。他带着刀子和猎枪出去猎熊，也不是第一次了，可是这一次他却失败了：叶列式加的脚滑了一下，刹那间熊就扑到了他身上。激怒了的畜生把猎人扯得快要死掉了，他的脸被熊的一掌打得歪到另一个方向去了。叶列式加勉强从森林爬回了家，在他的家里医生给他医治了大约有半年：他虽然活下来了，但成了畸形人。他不能再像以前那样轻快地到森林里去了，不能再像以前那样穿着滑雪鞋追赶麋鹿，一追就是七十俄里地，他也不能再跟其他的猎人一起去打猎了——总而言之，无法逃避的灾难降临了。

叶列式加在村子里没有任何事可干了，他又不愿意靠布施来度日，就出发到契尔屯城去，想把打猎所得到的东西卖给那些商人。也许这些有钱的商人能够给他找一件事情干干。他们果然被他找到了。

"你有没有坐拖橇到过毕巧拉？"商人们问他。"在斯都琴河上有一小所猎屋，你可以去那边做看守人。一切工作都在冬天：迎接和引导大车队，全年可以自由自在地游玩。我们可以给你粮食，衣服，还有一些打猎用的一切储备用品。猎屋附近就可以打猎。总之，对你而言不是苦差事，而是天堂"

"有些太远了吧，老板……"叶列式加愣住了，"猎屋周围一百俄里内没有人，夏天那里又通不进去。"

"那就是你的事了，是在家里挨饿，还是到猎屋做个老爷，这两件事情你自己挑。"

叶列式加想了一下，就接受了。商人们把衣服和粮食捐给他，但只有一年，以后叶列式加就得用自己打猎和捕鱼得来的钱买这些东西了。就这样他在森林里继续住下来了。一年又一年就这样过去了，叶列式加渐渐地老了。他现在只是害怕一件事：死后没有什么人来埋葬他。

二

现在河还没有结冰，在大车队到来之前，老头儿还有时间出门去打好几次猎。松林里的松鸡老早就可以打来吃了，可是还不能去打，因为在暖和的天气打回来是要腐烂的。大车队的总管一直是非常高兴向老头儿买松鸡的，因为这一带出产的松鸡大而白，它们能够保存很久，这是最重要的，所以斯都琴河打死的松鸡可以运到巴黎去。契尔屯的商人都争着买，然后把它们运到莫斯科去，再从莫斯科大批运到外国。离他小屋二十俄里内的每一棵树老头儿都熟悉，从松鸡的飞行上，他能看出鸡雏窠，了解它们在哪里觅食，在哪里孵卵，最后又在哪里喂食。当松鸡雏长大后，他可以判断出每一窝有几只松鸡，可是他不留给自己一只，因为那是他最贵的货物了，他可以用这些换到最贵重的东西——子弹和火药。

今年打猎进行得十分顺利，老头儿在大车队到来前就准备好了三十对松鸡，他只担心一件事：大车队遇到解冻天。虽然在冻河这一带很难会有解冻天，但是也有遇到的可能性。

"嗯，现在我和你把弹药弄到手了。"老头儿对狗轻轻说。他总是像对人一样对狗谈话的，"等大车队带着粮食到毕巧拉时，我们就可以为自己换到吃的了……主要是盐要多弄些。如果我们有盐的话，那么一直到契尔屯都不会有人比我们富有。"

对于盐，老头儿总是说："哎哟，如果有盐的话，那就不会是平常的生活，而是生活在天堂了。"

他只为自己捕鱼，多余的鱼都晒干了，但是这种干鱼会有什么价值呢？如果有盐就不同了，他就可以像毕巧拉的渔人们那样把鱼腌起来，然后卖腌鱼，那样得到的钱比现在他所有的钱还要多一倍呢。可是盐是很贵的，而且要储藏鱼的话，没有二十普特的盐是不行的。怎么能搞到这么多的钱呢，就连他买粮食和衣服的钱也是很勉强才凑足数的。老头儿十分婉惜他在彼得洛夫打死的一只鹿，新鲜的肉好吃却坏得很快，只吃了两天，剩余的只好丢掉！干的鹿肉就好像木头一样不好吃。

斯都琴河已经结冰了。山上的水很久没有冻，后来冰洞到处侵蚀冻结的冰。那是因为有泉水从地下冒出来。老头儿现在也储备鲜鱼了，这时的鱼会像松鸡一样立刻冻起来。很可惜的是时间太少：大车队马上就要到来了。

"蒙慈加尔各，快了，我们的粮食就快到了。"

说实话，老头儿的粮食很早以前就快全完了，所以他只能把干鱼磨细混在剩下的黑麦粉里。单吃鱼或肉是不行的。过两三天就会呛出来，让嘴以后再也不能吃东西。当然啦，伏占尔人和聂聂茨人是单靠鱼过活的，那主要是因为他们习惯了，但俄罗斯人主要是吃谷物的，所以两者不能相提并论。

大车队出人意料地来到了。那时老头儿正在那里睡觉，大车吱吱地响起来，接着又听见了有人的叫喊声：

"老公公，老公公，你还活着吗？快出来接待客人呀……我们已经好久不见了。"

让老头儿感到最为惊奇的是蒙慈加尔各竟然没有候到那位尊贵的、热切期盼中的客人。以前当大车队还在二俄里以外的时候，它就能嗅出他们的到来，可是今天却没有。它甚至没有跳到路上去对马叫吠，而是难为情地一声不响地躲在主人的长凳下面。

"蒙慈加尔各，你的脑袋还没有清醒？"老头儿惊讶地问，"你睡着的时候没有留意到车队……唉，这非常不好！"

狗从长凳下面爬了出来，并且友好的舔了舔他的手，又躲了起来：好像它感到自己犯了很严重的错误。

"唉，真是老了，嗅觉失掉了，"老头儿忧愁地叹息，"听力也变得不好了。"

大车队共有五十辆车子……契尔屯的商人们在雪车通了以后就把盐以及各种食物和捕鱼工具运送到毕巧拉来，又从这里运走新鲜的鱼。最关键的事是怎样才能比其他的人更快到达毕巧拉收鱼，因为毕巧拉的鲑鱼销路非常好。大车队必须在两星期内走过艰难的路程，所以车夫们只能在马匹休息或吃东西的时候睡觉。回去的路上更需要赶紧，所以几乎没有机会睡觉。密林中的道路是很难走的，特别是山路，剩余的路都是石子路。雪橇上没有钉铁箍，从小河的冰下面冒水，显得坑坑洼洼的。许多品质优良的马都在那里送命了，马夫在这里要比其它地方多做许多工作：他们要把货担搬上山，把马从水里拉出来，再从平滑而倾斜的路上拖下来。只有考尔伐的马夫才肯承担这种应该被诅咒的工作，都是贫困把他们赶到毕巧拉去的。

大车队在斯都琴河上的猎屋里歇了歇脚，平常马匹吃草料只有两小时的时间，在这里它们却可吃四小时。老头儿提前在屋子里生了火，马夫们把马牵到马槽后，就睡得烂熟了。只有年轻的总管没有睡，这是他第一次来毕巧拉。他与老头儿在小屋里攀谈着。

"老公公，你一个人在森林里不怕吗？"

"有什么可怕的，我们习惯啦。从小就生活在森林里……"

"可是怎么可能不怕呢，你只有一个人在森林里呀……"

"还有一条狗……我们俩在一起过日子。冬天里狼会来捣乱，狗就会预先告诉我它们的光临。它嗅得出来……真是一条聪明又老练的狗……它能自己把狼抓起来。当狼向它扑过去时，我就带了枪去追打它们。真是一条非常聪明的狗，只是不会像人一样说话罢了。我常常跟它交谈，否则，我也不会讲话了。"

"老公公，你从哪里搞来这样的狗的？"

"那是很久很久以前的事，大概在十多年以前。有一年的冬天，圣诞节前夕，我在山上寻找麋鹿。本来我有一只狗，那只还是特地从考尔伐带来的。它是不坏的小雄狗：不管是打野兽，还是找鸟找松鼠——它一切都干得很好。我带它到森林里去，忽然蒙慈加尔各冲我跳过来。我被它吓了一跳……我们的猎狗是从来不会这样的，不会对不认识的人像对主人一样表示亲近的。但是这只狗却不同。我明白事情好像不大妙。它那么伶俐地望着我，并且一步步地引着我们走去。你猜怎么着，老兄，我被它引到了那里！在一个山坳里，有一个用针叶树搭的棚子，棚里微微冒着气，我走近，看见棚里躺着一个伏古尔人，得了重病，可见他是一个掉队的人。说明白些：这个人马上就要断气了。他在打猎时候得了病，其余的人不能因为他而停留。他一看见我，非常开心，可是他的舌头连动都不大会动了。我们的谈话大半是用手势……他把这狗送给了我……这个好心肠的人在我的面前死了。我在雪地里挖了一个大坑，盖上些树枝，用木墩压实了，不让狼把他的尸体吃掉。就这样蒙慈加尔各就到了我的身边……我用他主人死去的地方的河名叫它：那条河叫作蒙慈加尔各。它是一条聪明的狗……到了林子里，就什么也没有了，你再也找不到动物可供打猎了。你以为它不懂我们正在说它吗？它什么都懂的。"

"它为什么会躺在长凳子的底下呢？"

"它感到有些难为情了，因为没有留意到大车队的到来。它已经老了……它有两次把我从熊口中救出来：熊向我扑来，它把熊阻止住了。以前，我有力气，都是带猎矛出去打熊的，后来就被熊弄伤了，现在我带猎枪去打熊了。同样熊也得用技巧去捕捉，因为熊是会动脑筋的。"

"嗯，冬天在小屋里，应该很寂寞吧？"

"已经习惯了……只有过节的时候会感到些许寂寞。"

这个总管很好，年纪虽轻，但是什么都想知道。叶列式加感到很高兴，就把自己在森林里面过的孤独生活统统都讲了出来。

"亲爱的，在春天，我像过节一样快乐。那时，许多鸟会从温暖的海洋上飞来。许许多多，简直就像乌云一样……又像下雨一样地沿斯都琴河飞翔……各种不同的鸟：有野鸭，有山鹬，有野鹅，有海鸥，还有黑鸭……天亮了出门一看，斯都琴河一带非常热闹。没有比候鸟更好的生物了。肥的飞了几千俄里，也觉得累了，逐渐变瘦了，我想它们看见了这个地方也非常开心吧。飞来以后，它们只休息了天把工夫，就马上开始筑窝了。我跑过去瞧瞧，叫得欢快呀！听着，听着，眼泪都快要流出来。候鸟真是太可爱了……我不会去侵犯它们。它们把窝筑起来了，那是多么巧妙的创作呀！人类也造不出那样的东西来。后来母鸟带着雏鸟在斯都琴河上游来游去……真美丽，真快乐……它们游着，一边泼泼水，一边呱呱地叫着……这时候候鸟真的多得不得了。整个夏天都像过节一样过去了；到了秋天，这些鸟开始集拢起来：又该上路了。它们就像人一样集合起来……用人听不懂的语言讲话。奔波着，教着雏鸟，然后起程了……大清早就要飞离这个地方，领队的飞在前头。也有留下来的：身体弱不能飞走的或者是要生后代的……它们真可怜，这些可怜的鸟看到同伴从它们头上飞了过去，都叫喊着。斯都琴河上的鸟都闲起来了。它们不停地游呀游的，直到河岸结冰，只能在冰洞里打转……唔，我可怜它们就去打死它们。反正都是要死掉的，那么为什么要多受罪呢。在我这池塘里天鹅做窝了。所有的生物都有它们的愿望，它们的范围……我的好人儿呀，我也缺少一样东西：我都给马车夫讲过好几年了，让他给我带一只公鸡来……冬天的夜是漫长的，长到没有尽头，而公鸡会告诉我外头是什么时候了。"

"我下次给你带一只喉咙最响的公鸡来，老公公，它一定能把喝醉酒的农夫都唤醒。"

"好呀，亲爱的，你太看得起老头儿了……我们三个在一起就热闹多了！冬天死一样的沉寂，真是苦闷呀，如果有一只公鸡会多么快乐呀……公鸡也很不简单，没有哪个生物像它那样会报时。公鸡也是天生为人做事的。"

年轻的总管叫弗列贡德。他给老叶列式加留下了一些面粉、盐、新衬衫和火药，并且从毕巧拉回来的路上带来了礼物。

"我把报时的钟带来了，老公公，"他把一个装着公鸡的口袋交给他时，快乐地说。

"好人呀，亲爱的……我该怎么谢你呢。唔，希望老天爷让你万事如意。要是在什么地方看到了喜欢的姑娘，那么祝你幸福美满……"

"曾经有过这样的事情，老公公，"弗列贡德理着自己那亚麻色的乱头发快活地回答，"在契尔屯有一双明亮的眼睛：这双眼睛一直望着我，迷惑了我……额，再见啦。"

"明年秋天你再到毕巧拉来的时候，我要送给你的未婚妻些黑貂皮。我心目中已经有目标了。"

大车队动身了，老头儿把公鸡留下了。多么高兴呀……红红的鸡冠，花毛的公鸡，在小屋里走来走去时，每一根毛都闪闪发光。夜里叫起来……真是又快乐又安慰呀！每天清晨老头儿跟他的公鸡谈话，蒙慈加尔各听着。

"怎么了，老家伙，你羡慕吗？"叶列式加逗着狗说，"哈哈，你的职业是吠叫。你倒像公鸡那样子唱唱看呀！"

老头儿发现蒙慈加尔各好像忧郁起来了，走路的时候是那么的垂头丧气。是生什么病了吗？可能马车夫的凶神恶煞的眼神把它看坏了吧。

"蒙慈加尔各，你撞见鬼了吗？什么地方出毛病了？"

蒙慈加尔各躺在长凳子下面，把头搁在两只前脚上，什么也不做，只是眨眨眼睛。

老头儿慌张起来：出乎意料的祸患来了，蒙慈加尔各总是在那里躺着，不吃、不喝、甚至也不叫。

"亲爱的，蒙慈加尔各！"

蒙慈加尔各摆摆尾巴，慢慢爬近主人，并且舔舔他的手，低声地叫起来。唉，事情太糟糕了！

三

风在斯都琴河上奔跑，刮来了几米高的雪，就像饿狼一样在森林里咆哮着。叶列式加的小屋子完全被埋在雪里了，几乎只有一个烟囱微微突出来，从烟囱里还冒出一缕缕青烟……

大风雪吼叫了将近两个星期，这段时间老头儿没有走出他的小屋子，只是坐在生病的狗旁边。蒙慈加尔各也只是躺着，呼吸显得是那么的困难：蒙慈加尔各的死期到了。

"我的亲人呀……"老头儿一面哭着，一面亲吻着忠实的朋友，"亲爱的……你是不是有什么地方不舒服呀？"

蒙慈加尔各什么也没有回答。它早就觉得自己快死了，所以不吭气……老头儿哭着，显得是如此悲痛，可是什么也做不了，没有救命的灵药呀。唉，多大的痛苦发生在他的身上了……

老头儿最后的希望也随着蒙慈加尔各的死消失了，现在除了死亡以外，他没有什么其它的东西了。想一想以后有谁来帮他寻找松鼠，有谁对雷鸟叫唤，又有谁去搜寻鹿呢？没有了蒙慈加尔各的生活，只剩下了可怕的饿死。存粮大概勉强可以维持到主显节，以后只有死路一条了……

暴风雪继续号叫着，老头儿想起了以前他和蒙慈加尔各的生活，他们是怎样一起去打猎，怎么样一起搜索猎物的。没有狗他以后还能做什么呢？

此时还有一些狼会在附近出没……它们嗅到了老头儿的灾祸，就到小屋来，叫喊着。整夜叫得人心慌慌，胆都快破裂了。现在又有谁能来吓唬它们，朝它们吠叫，引它们挨他的射击呢。

老头儿回忆起从前一只游荡的熊要攻击他的事情来。所谓游荡的熊是指那种进入了秋天还不着急躺到熊穴里的、偶尔还在森林里徘徊的熊。这种游荡的熊是最危险的。有一次它来到了小屋门前：因为它嗅到了老头儿这里储藏的东西。天刚黑它就来了。有两次还爬到屋顶上去用熊掌扒雪。后来仓库的大门被它打开了，拖走了老头儿之前储藏的一大串干鱼，这件事使叶列式加痛苦到了极点。老头儿发怒了，枪装上子弹，带着蒙慈加尔各走出来。熊立刻就扑到老头儿的身上，他可能来不及开枪，熊就要把他揉烂了，还好有蒙慈加尔各救了他。狗从后面死死地咬住了熊，并把它翻倒在地，此时从不会虚发的叶列式加的子弹把熊打死了。狗搭救主人的事情不少呀……

蒙慈加尔各死在了圣诞节前，那时严寒冻得森林里只能听到一片开裂的声音。那是在夜里：叶列式加正躺在他的长凳子上打盹，突然仿佛有什么东西撞了他一下。他赶紧跳了起来，把火吹旺了一些，点起了木片，接着向狗走去，然而蒙慈加尔各早已经躺着死去了。叶列式加的身体顿时凉了半截，这也预示着他自己的死亡呀。

"蒙慈加尔各，我的蒙慈加尔各，"悲伤的老头儿反复地喊着，并且抚摸着死去的朋友，"没有你，我今后的生活可怎么办呀？"

叶列式加害怕狼把蒙慈加尔各的尸体吃掉，就把它埋在了仓库里。他挖冻土用了整整三天，流着眼泪把他忠诚的朋友埋葬了，做成了一个坟。

如今只剩下一只公鸡，它照旧在夜里唤醒老头儿。老头儿醒来以后，就会立刻想起了蒙慈加尔各，这使他痛苦得要命。以后没有人可以陪他谈话了。当然啦，公鸡也是逗人喜欢的家禽，但是到底还是禽类，什么也不会懂的。

"可惜呀，蒙慈加尔各！"叶列式加每天要如此地说上好几遍，感到没有力气做一切事情，也不再有兴趣做了。

贫穷的人常常是在工作中让自己忘却悲哀的。老头儿也不例外。存粮快吃完了，他必须要想想自己的生活了，而更主要的原因，是他觉得留在小屋里太苦闷了。

"哎……，我还是把一切都丢掉，到考尔伐去吧，要不然就去契尔屯那里去!"老头儿如此安排着。

他修理了年轻时穿着的那双追赶麋鹿的滑雪鞋，也整理好了背囊，带了可以吃五六天的粮食，并且向蒙慈加尔各的坟告别之后，就出发了。把公鸡单独留下是非常可怜的，所以叶列式加把他带在身上：放在背囊里把它背着走。老头儿刚走到山岬那里，回头望望他的住所，就大哭了起来：把这所住惯了的温暖的小房子丢掉，他感到非常可惜。

"蒙慈加尔各，再见了……"

联系猎屋和考尔伐的是一条艰难的道路。开始时得用滑雪鞋顺着斯都琴河走，这还比较轻松，等到有山了，老头儿很快就没有力气了。在以前呢，老头儿像一头鹿一样在山间奔跑，可是现在才只跑二十俄里路就没有力气了。老头儿想不如躺下来直接死掉算啦……他在雪里慢慢掘了一个比较深比较大的坑，铺上了针叶，又生起了火，接着把背囊里所有的东西吃完了，之后就躺下来休息。他用背囊把公鸡盖好……也许是因为疲劳的关系，他很快就入睡了。他不知道睡了多久，直到听见公鸡的叫喊声，他才醒过来。

"是有狼吗……"他脑筋里突然这么闪了一下。

他想爬起来，但是好像被绳子捆住了似的起不来。甚至连眼睛也睁不开……公鸡又叫了一声就再也不叫了：狼把它连背囊一起拖出了坑。老头儿用了很大的力气想起来，可是怎么都办不到，忽然又听到了熟悉的狗叫声：好像是蒙慈如尔各。不错，就是它……近了，又近了——这是它凭嗅觉跟踪来了。现在非常近了，好像就在坑的附近……叶列式加艰难地睁开眼睛，他看见了：果然就是蒙慈加尔各，同蒙慈加尔各在一起还有它的第一位主人，就是老头儿埋葬在了雪里的伏古尔人。

"老公公，你在这里吗?"伏古尔人笑着去问他，"我来找你了……"

寒冷的风把雪从高高的枞树和松树上一片片吹了下来，撒在了去世了的叶列式加身上。到早晨时，已经连坑都看不见了。

猎狗和小野兔

一

"叶列姆卡，我们今天要走运了，"鲍加契老头仔细地听着烟囱里怒吼般的风声说，"听，风刮得多么厉害啊！"

叶列姆卡是一只狗，因为有一段时间它住在猎人叶列玛那里，所以就叫它叶列姆卡。虽然它不同于乡村里普通的那种看家狗，但是也很难说出它的品种：它的腿非常长，头额宽大，大大的眼睛，尖尖的嘴。

已故的猎人叶列玛不是很喜欢它，因为它的一只耳朵竖立着，但是另外一只耳朵却下垂着；尾巴也有些特别——毛茸茸的、长长的像狼尾巴一样在身后晃来晃去。到鲍加契手里时，它还只是一条小狗，渐渐才显出它的聪明。

"呵呵，这是你的运气好啊，"叶列玛笑着说，"它的毛很棒，就好像刚刚从水塘里出来似的。的确是一条好雄狗……可见它注定是你的。你们俩真是不相上下。"

叶列玛的话说得非常有道理。真的，鲍加契和叶列姆卡之间的确有许多相似之处。

鲍加契个子很高，伛背，脑袋瓜也很大，手细长，皮肤略带点灰色。他一生都过得非常孤独，年轻时是村里的牧羊人，后来又做了看园人。他非常喜欢看守的工作。当夏天和冬天的时候，他守望着花园和菜园。想不出还有什么比这更惬意的事呢：它的小屋子总是暖暖的；而且吃得饱，穿得暖，有时甚至还可以搞到一些额外的好处。鲍加契会修理各式各样的桶，给农妇们做扁担，编篮子和草鞋，给孩子们雕些木头玩具。他是一个闲不住而且又很随和的人。

小的时候，不知为什么人家叫他做"鲍加契"，然而这个绰号却随他一生。

暴风雪很猛烈。几天来天气都很冷，昨天终于解了冻，却又开始下柔软的小雪，猎人把这种雪叫作"初雪"。土地上被撒上了一层新的雪花。深夜起的风开始吹刮水沟、水洼和土坑。

"喂，叶列姆卡，我们今天可真的要走运了。"鲍加契望了望看守屋的小窗，轻声地说。

狗躺在地上，把头搁在了两条前腿上，轻轻地摆摆尾巴表示回答。它懂得主人的每一句话，只是不会说话罢了。

已经是晚上九点钟了。风一会儿平静下来，一会儿又重新吹起来。鲍加契不慌不忙地开始穿衣服，这样的天气走出温暖的看守屋是不情愿的，但是这是自己的职责，又能有什么其他办法呢？鲍加契仿佛把自己当成是监督破坏果园和花园的一切鸟兽和昆虫的官员似的。他与菜上的害虫，与损害果树的毛虫，与椋鸟、白嘴鸟、画眉鸟，与田鼠、土拨鼠和野兔作斗争。

空气和土地里都充满着敌人的气息，这些敌人大半到冬天就都死了，或者躲到自己的窠或洞里面去了。现在只剩下了一个敌人，也是鲍加契在冬天里唯一的敌人：兔子。

"兔子看起来胆小，"鲍加契一面思索着说，又一面继续穿衣服。"却是最有害的兽类之一……我说的对吗，叶列姆卡？狡猾透了……天气可真糟糕，不停地下雪。这对斜眼睛的兔子来说是一件非常高兴的事情。"

鲍加契把一顶兔皮帽戴在头上，顺手拿了一根长棍子，又在靴筒里塞了一把刀，以防万一。叶列姆卡伸伸懒腰，打打哈欠。它也实在不想走出温暖的小屋子。

　　鲍加契的看守屋位于大果园的一个角落。果园后面是通向河边的陡坡，河对面有一片发着青色的小树林，那里是野兔子盘踞的主要场所。

　　冬天的时候野兔没有东西可以吃，只能越过河到有人住的地方。它们最喜欢的地方就是围着谷草垛的那个打谷场。因为在那里它们有东西吃，可以拣从麦堆上掉下来的那些穗子，有时候还可以钻到谷草垛里面去，对它们来说，那里真是天堂，虽然有时候会有危险。野兔们最喜欢在果园里饱餐一顿了，吃新的果制醋、李树、苹果树和樱桃树的幼枝。因为这些树苗以及幼枝的树皮脆嫩好吃，不像白杨或者其他树的树皮那样难吃。不管如何提防，只要野兔们袭击成功，甚至有时就会损毁整个果园。只有鲍加契一人能对付它们，因为他了解它们的习惯以及诡计。叶列姆卡老远就能嗅得出敌人，这帮了老头儿很多的忙。当野兔仿佛穿了毡靴似的在软绵绵的雪地上偷偷跑来跑去的时候，叶列姆卡躺在小屋子里就听到了。

　　在每一个冬天，叶列姆卡和鲍加契都能捕捉到许多野兔。老头儿设置了很多笼子、陷阱和各种巧妙的圈套去捕捉它们，而叶列姆卡就干脆直接用牙齿了。

　　鲍加契走出小屋子时不停地摇头叹气：天气实在太坏了，他的所有陷阱都给雪掩盖了。

　　"看来，叶列姆卡，你不得不下山去一趟了，"老头儿望了望他的狗说，"是呀，你下山去一趟……而我呢，把兔子赶到你那去。你懂不懂？对了……我现在到打谷场背后去走一趟，就会把它们赶到你那儿去了。"

　　叶列姆卡尖叫一声作为回答。去山脚下捕野兔是它最喜欢的一件事。事情就是这样进行下去的：野兔们为了到打谷场去，从河那边跑过来，之后到了山上。它们的归路当然是下山的路。我们知道，兔子上山跑得很快，而在下山的时候遇到危险，就会打着滚滚下来。叶列姆卡躲在山脚下，在兔子们毫无防备的当儿捕捉它们。

　　"你喜欢捕捉打滚的兔子是吗？"鲍加契笑着逗着狗说，"来吧，快去吧。"

叶列姆卡摇摇尾巴，慢吞吞地跑向村子，从那里走下山去。聪明的狗不想穿过兔子走过的那些小径。因为兔子们懂得在它们之前走过的道路上如果出现狗脚印的含义。

"你想想，这样的天气！"为了绕过打谷场，鲍加契在雪地里朝相反的方向走去！还一面不停地咕噜着说。

风刮得太厉害了，吹得雪花像尘埃一般打转，让人都要窒息了。在路上鲍加契检察了一些陷阱和圈套。大雪把他所有布置的机关都掩盖住了。

"唉，搞成这样，"老头儿把脚从雪里困难地拔出来，唠叨地说，"这种糟糕的天气，兔子们都应该躺在自己的窝里……但是饥肚子总不是舒服的，躺个一天两天的没什么事，到第三天就得出来找东西吃。它虽然是兔子，可是肚皮也是要填满的呀……"

鲍加契刚走过了一半路，就感觉十分累，甚至都汗流浃背了。如果不是叶列姆卡在山下等他的话，老头都想回到自己的小屋子里面去了。这些兔子去它们的吧，下一次也可以打猎的，一只也别想躲过。不过面对叶列姆卡就有些为难了，如果这次欺骗了它，那么下次它就不肯去了。虽然只是一条狗，可是它却是非常聪明并且高傲的。有一次鲍加契完全没有理由地打了它一顿，后来费了好大力气才和它言归于好。它总是夹着狼样的尾巴，而且眼睛滴溜溜地转个不停，但是你若用俄国话跟它讲道理的时候，它又好像什么都听不懂似的。有时你还得向它道歉，瞧瞧，多么骄傲的一只狗，它现在已经躺在山脚下等待兔子了。

绕过了打谷场之后，鲍加契就开始了"追赶"兔子。他在打谷场中，用棍子去打草垛，拍手，奇奇怪怪地，像被追赶的马一样喷着鼻息。在一、二两个打谷场上，很不幸的是一只兔子也没有，但是在第三个打谷场里的时候就闪过了两只兔子的身影。

"哈哈，斜眼的家伙，你们不高兴吗！"老头儿继续在那边巡查着，还不忘一本正经地说。

真是奇怪极了，每一次都是这样：他感觉好像已经追逐过很多的兔子了，然而兔子却还是那些老一套的手法。就好像总是那几只兔子从没有变过一样。如果兔子跑到田里，那就完了。它们就会像田野里的风一样消失得无影无踪。它还是要等到机会溜到河对岸的家里去的，可是在山脚下，叶列姆卡已经磨好了牙齿在等候它们出现了……

鲍加契搜寻过打谷场后，就开始往河边去。让他奇怪的是，叶列姆卡本应该奔跑过来热烈迎接他的，但现在却不知道是因为什么像很抱歉似的站在那边，显然，它是在等他过去。

"叶列姆卡，你干什么呢？"

狗轻轻地汪了一声。鲍加契看见在它面前的雪地上，仰天正躺着一只小兔子，无力地摆动着它的小脚爪。

"抓住它！叶列姆卡，咬呀！……"鲍加契焦急地喊道。

叶列姆卡一动不动地站在那。当鲍加契走近去时，才懂得是怎么一回事：小兔儿伤了一条前腿。鲍加契站住，之后就脱下帽子说：

"原来是这么一回事，我明白了，叶列姆卡！"

二

"真是件非常奇怪的事呀！"鲍加契惊讶地说。他弯下身，这样子就可以更清楚地观察那可怜的小兔子，"老弟！你怎么搞成了这个样子的呀，嗯？它还很小哩！"

野兔仰天躺在那里，非常明显，它已经放弃了逃脱的念头了。鲍加契摸摸它受伤的脚，摇了摇头。

"真是出人意料……叶列姆卡，我们应该怎么办呢？免得让它白白受苦，我们把它直接宰了好不好？"

可是杀掉它好像太残忍了。连叶列姆卡都不好意思用牙齿去咬它，那么他，鲍加契，就更不好意思把这个毫无反抗能力的动物杀死了。它如果落入陷阱，那就又是另一回事，但是这是一只受伤的小野兔。

叶列姆卡望了主人一下，用疑问的口气叫了一下，好像在说，总得想个办法来处理呀。

"唉，叶列姆卡，我们这样处理：把它先带到我们的小屋子里去。它这个样子往哪儿躲呢？如果狼一来就会把它立即吃掉的……"

鲍加契把兔子捧在手里，便转身走上山去，叶列姆卡拖着那条大尾巴在他后面跟着。

"这是你的猎获物……"老头儿继续唠叨着说，"我和叶列姆卡马上要开兔子医院了，嘿，嘿，真是奇怪！"

回到家后，鲍加契便把兔子放在了板凳上，把折断的腿慢慢地包扎了起来。

在他还是牧羊人的时候，就早已经学会了这些给羔羊包扎伤口的方法。

叶列姆卡专心致志地瞧着主人在那里工作，有好几次打算走近兔子，但也只是嗅了一阵就跑开了。

"你可别吓它了，"鲍加契对它说，"等习惯了以后你再去嗅它吧。"

兔子动也不动地在那里躺着，像等死一样。它是那么的洁白干净，只有一对耳朵尖好像被涂上了黑颜色似的。

"可不是嘛，应该给这可怜的家伙弄点吃的东西呀。"鲍加契这么认为。

但是兔子态度很坚决地拒绝这一切，在那里不吃不喝。

"这主要因为它害怕，"鲍加契解释说，"我明天给它弄些牛奶和新鲜的胡萝卜来给它做食物。"

在板凳下面的那个角落里，鲍加契用各种破布做了个温暖而柔软的窝，并把兔子放到窝里去。

"你要注意哦，可别把它吓坏了，"他用手做出威胁的样子对狗发出警告，"你要了解，它还生着病呢。"

叶列姆卡走近了兔子，舔了它一下作为回答。

"哎，叶列姆卡，这么说你是不会欺侮它的了？对吗……你本来就是条非常聪明的狗，只是不会像人一样说话罢了，以后我们会有一只十分健康的兔子。"

　　夜里鲍加契睡得不踏实。他总是要听听，叶列姆卡是不是偷偷地跑去兔子那里去了。虽然它是条聪明的狗，但狗终归是狗，不能够完全地去信赖它：也许它会抓那可怜的兔子。

　　"嘿，真奇怪，"鲍加契躺着翻来翻去，想着，"叶列姆卡好像瞧够了兔子似的。它最少也咬过上百只兔子了，可是单单对这一只却可怜起来了。还不是很可笑吗，笨东西。"

　　在梦里鲍加契看见了被他们打死的兔子。可是当他醒过来后，只听到咆哮着的狂风。他仿佛觉得那些被他们杀死的兔子都向小屋子跑过来，它们嘴里叫喊着，在雪地上开心地打滚，用前脚在敲门。老头儿最终也没能忍住，就从炕上走下来，朝小屋外望出去。但是什么也没有啊，只有田野里的风在那里吹着，发出很大的声响来。

　　"嘿，真是怪事呀！"老头儿爬上暖和的土炕时又开始咕噜了一声。

　　他像一般老头儿那样，一大清早醒了起床，生旺了炉子，接着把薄粥之类的东西——剩下的菜汤、稀饭、薄糊，搁到火上去热一下。

　　像平常一样，兔子还是一动不动地躺在那个角落里，像死了似的，无论老头儿怎么把食物塞给它去吃，它都不碰一下。

　　"瞧你，好像是多么了不起的老爷，"老头儿在那里责备它说，"来喝一点荞麦粥，这样你的脚才会好得快些。真是傻东西……我的粥就连叶列姆卡都非常爱吃呢。"

　　鲍加契吃了东西，把屋子收拾好，就到村里去干活了。

　　"叶列姆卡，看好家，"他吩咐叶列姆卡，"我一会儿就回来，你可别吓坏了兔子。"

　　在老头儿走了之后，叶列姆卡也没有去碰过兔子，不过它把给兔子吃的东西全都吃掉了——包括一块黑面包、牛奶和薄粥。它舔舔兔子的脸用来表示感谢，后来又不知从哪个角落里拖出一块啃光的、不新鲜的骨头来奖赏它。叶列姆卡总是不觉得饱，就是有时候一下子吃下了一只兔子也是如此。

老头儿回来时不停地摇头：多狡猾的兔子，请它吃的时候它连看都不看，我一走，它却吃得那么精光。

"真是个十分刁钻的家伙！"老头儿惊讶地说，"我给你带回礼物来了，你这个小斜眼的骗子。"

他从怀里小心翼翼地掏出几根小胡萝卜、一根芜菁、一棵洋白菜茎和一棵甜菜。叶列姆卡躺在它的地方，好像什么事都没发生似的。可是当它想起偷吃兔子的东西时，它开始舔了舔嘴巴，鲍加契明白了事情的原委，就破口去骂它：

"老骗子，你不害臊吗……嗯？你刚刚没有吃过粥吗？唉，永远都喂不饱的家伙！"

当老头儿突然看到兔子面前的骨头时，又不禁大笑了起来："叶列姆卡也会回请呢！误会你了，你不是一个刁钻的大骗子！"

兔子休息了一夜，便不再害怕他们了。当鲍加契给它胡萝卜吃时，它会贪婪地吃起来了。

"嗨！老弟，这样就对了！这可不是被叶列姆卡啃光的骨头。你摆架子也摆够了，好吧，再尝尝芜菁的味道吧。"

它同样很快地吃完了芜菁。

"真棒呀！"老头儿夸赞说。

天大亮的时候，突然听见有人在敲门，好像还有孩子的细微的声音在外面说：

"开开门，老公公……我们快冻死了！"

鲍加契便马上打开了笨重的门，走进了一个差不多七八岁的小姑娘。

她脚上穿着一双大毡靴，身上穿着她母亲的短皮袄，头上还裹了一条破头巾。

"啊，是你，克苏莎……我的小鸟儿，你好吗？"

"妈妈让我给你送牛奶来了，哦，不是给你的，是给兔子的……"

"真要好好谢谢你，小鸟……"

于是，他从小姑娘那双被冻红的小手里接过了牛奶，小心翼翼地放在桌子上。

"呵呵，我们现在要过节了。克苏莎，你过来暖和一下吧，冻着了吧？"

"真冷呀！"

"快把衣服脱下来。你来做我们家的小客人。你是特地来瞧小兔子的吗？"

"这还用说吗！"

"莫非你之前没有看见过兔子？"

"怎么可能！不过我看见的是夏天的兔子，那时它们是灰色的，但是你这一只全身都是白的。"

克苏莎脱下了衣服。她是一个普通的乡下小姑娘，脸被晒得黑黑的，细细长长的脖子，还有一条细辫子，手和脚更是瘦削的。她妈妈一直是按照乡村的装束给她穿着打扮。她一直穿着无袖的女衫，那样的话既方便又省钱。克苏莎用一只脚跳着来取暖，哈着气温暖通红的指头，然后便走近小兔子好好看看它。

"啊！老公公！多漂亮的小兔子啊！全身都是白的，只有耳朵上镶了一小点黑边。"

"冬天的时候，所有这种兔子都会成为这样的。"

挨着兔子，小姑娘坐了下来，还不时地抚摸着兔子背部的皮毛。

"为什么用破布扎起它的腿呢？老公公！"

"因为它的腿断了，为了让它骨头长好，我才帮它包扎起来的。"

"那它痛不痛呀，老公公？"

"当然很痛啦。"

"老公公，它的腿长得好吗？"

"它如果能安静地躺在那里，就一定会长好的。你看它躺着一动也不动。多聪明呀！"

"它叫什么名字，老公公？"

"你说这兔子吗？哦，兔子就叫兔子，哪还有别的名称。"

"老公公，你说的是那些壮健的经常在田野里奔跑的兔子，但是，这是一只跛腿的。我们那儿还有一只猫名字叫作玛莎。"

鲍加契沉思了一会，用惊讶的眼光望着克苏莎：她实在是一个愚蠢的小姑娘，但是她说的话却很有道理。

"照你这么说……"他不由自主地说了心里想的话，"真的很应该起一个名字，不然那么多兔子……对了，克苏莎，我们叫它什么好呢……嗯？"

"叫它黑耳朵吧。"

"你呀，对！真聪明！你就当它的教母吧。"

有关于跛脚兔子的消息，瞬间传遍了村子的大街小巷，鲍加契的小屋子四周很快就聚集了一大群好奇的儿童来围观。

"老公公，也把兔子给我们看看吧！"他们这么要求。

鲍加契为难了。把所有的孩子一下都放进来是不可能的，因为屋子里实在是容纳不了这么多人，但如果是一个个地放他们进来呢，整个房间就会变得没有热气了。

于是老头儿走到台阶上大声说：

"我不能给你们看兔子，因为它现在生病了。等它病好了你们再来，现在全都赶快回家去吧。"

三

大约两个星期后，黑耳朵已经完全恢复了健康。新的骨头也已经很快长出来了。现在它谁也不怕了，每天快活地在屋子里跳来跳去。它渴望自由，所以每次开门时，它都守候在旁边。

"不行呀，老弟，我们不能放你走的，"鲍加契对它说，"你为什么非要出去在冷天受冻挨饿呢？跟我们住在一起，等春天的到来，那时就随你高兴到田野里去玩了。只是不要再碰上我和叶列姆卡就好了。"

显然叶列姆卡也有相同的想法。它总是躺在紧靠门的地方，当黑耳朵打算从它身上跳过去的时候，它就露出牙齿吠叫起来吓它。不过兔子根本就不怕它，并且还跟它在一起闹着玩。鲍加契笑得眼泪都快流出来了。叶列姆卡把身体伸得长长地舒服的躺在地板上，闭着眼睛，就像睡着一样，这时黑耳朵就会故意从它的身上跳过去。

有时兔子玩得太高兴了，脑袋会撞到板凳上，这时它就按照兔子的方式，像受了致命伤一样痛苦地哭起来。

"真像一个小婴孩，"鲍加契感觉很好笑，"哭起来也很像小孩子。喂，黑耳朵，你就算不可怜你的脑袋，至少也应该可怜可怜我的长凳子，它可没错呀。"

这样的劝告不会起什么作用，兔子也不会因此安静下来。叶列姆卡也乐此不疲，它在屋子里追赶兔子，张开嘴，吐了吐舌头，但是兔子巧妙地躲开了它。

"叶列姆卡老弟，怎么，你追不上它了吗？"老头儿在一旁嘲笑狗说，"你这老鬼，怎么可能追得上！白白地劳累你的腿吧。"

乡村里的儿童经常跑到鲍加契的屋子里来跟小兔子玩耍，有时他们也会给它带来些好吃的东西。有的孩子会带芜菁，有的孩子会带胡萝卜，有的带马铃薯或是甜菜。

黑耳朵怀着感激的心情接受了这些礼物，马上贪馋地吃起来。它有时用两只前脚抓住了胡萝卜，低下头去啃。它的食量大得有些出奇，这让鲍加契也大吃一惊。

"它吃了这么一大堆东西，都放到哪里去了呢？别看这家伙个儿不大，但是你给它多少东西它都可以吃得下。"

克苏莎来的次数最多了，村里的孩子给她起了个有趣的绰号，叫作"兔子的教母"。黑耳朵跟她特别亲密，它喜欢爬到她的身上，喜欢睡在她的膝盖上。然而它却忘恩负义地不知道要报答她。但是有一次，当克苏莎要走的时候，黑耳朵就像闪电一样迅速地从她脚边窜出门去，当叶列姆卡想明白这一切是怎么一回事时，就赶紧跑去追赶它。

"这怎么成，不过是瞎跑罢了！"鲍加契讥笑叶列姆卡，"它比你狡猾多了。但是你，克苏莎，别哭了，让它去跑一阵，不久它自己会主动回来的，它能躲到什么地方去呢？"

"老公公，我们村里有很多的狗会把它撕烂的。"

"那也要它跑到你村里去才行呀。它刚才是直接窜到河那边去的，回到它的老家去了。它会说，在这里，生活得很好，我有自己的吃的东西和住所。它跑够了，玩够了，想吃的时候，自然就会回来的。叶列姆卡真是个笨家伙，它赶上去捉它，唉，一只笨狗！"

"兔子的教母"克苏莎挂着眼泪回家去了，而老头儿自己也不相信自己所说的话。大概在半路上许多狗就会把它撕烂，兔子也可能是觉得自己的家更好吧。这时候，叶列姆卡疲乏而又抱歉地拖着尾巴回来了。

快到晚上的时候，老头儿觉得非常苦恼。是不是黑耳朵真的不再回来呢？叶列姆卡就躺在靠近门口的地方，倾听着。它也在等候。平常的这个时候鲍加契是要跟狗谈话的，但今天却不吭气了。他们不说话，但彼此却都明白的。

到了晚上的时候，鲍加契比平时做了更长时间的工作。当他准备到炕上去睡觉时，叶列姆卡高兴地叫了一声，向门扑去。

"啊，做客的斜眼睛回家来了！"

果然是它，真的是黑耳朵。它从门槛上直扑到它的碗的旁边，开始大口大口地喝起牛奶来，然后又吃了两根胡萝卜和一个白菜心。

"怎么了，老弟，你做客时人家没有好好款待你吗？"鲍加契微笑着说，"呵呵，你这个讨厌的东西！把你的小教母都惹哭了呢。"

叶列姆卡站在兔子旁边，亲切地摇着尾巴。

黑耳朵把碟子里的东西全都吃光了以后，叶列姆卡舔了舔它的脸，开始帮它找起虱子来。

"唉，你们这两个淘气的东西！"鲍加契躺到炕上去，并且还微笑着说，"显然古语说得对：'虽然在一块儿挤了些，但是分离了却会很寂寞。'"

第二天一清早克苏莎就跑来了，长久地亲吻着黑耳朵。

"嘿，你这可恶的东西！"她笑着骂它，"以后可别再跑了，否则，村里的狗会把你扯烂的。听到了吗？你这个傻东西！老公公，它能听懂我说的话！"

"当然懂，"鲍加契同意地说，"不要担心，它知道什么地方会有东西给它吃的。"

这件事以后，大家不再看管黑耳朵了，它可以跑出去游玩，在雪地上跑跑。兔子天生就是要跑动的。

两个月后，黑耳朵完全变了：长得又肥又大，身上的毛也有了光彩。凭借着它的顽皮和活泼，它给大家带来了许多快乐。鲍加契也认为今年冬天好像过去得特别快。只有一样不好，就是鲍加契打兔子可以挣到很多的钱：每只兔子他拿到市场上可以卖二角五分钱，这对穷人是一笔不小的数目。鲍加契在一个冬天里大约能够打到一百只兔子，而现在却搞成这样：打死那些愚蠢的兔子不但良心上有些过不去，而且在黑耳朵面前也觉得很不好意思。

鲍加契和叶列姆卡晚上蹑手蹑脚地溜出去打猎，而且那些打死的兔子也不像之前那样带到屋子里面来了，而是把它们藏在了过道里面。

连叶列姆卡也明白这一点，每当由于打猎而得到兔子的内脏作为奖赏的时候，它就会躲到离看守棚较远的地方去把它偷偷地吃掉。

"怎么，老弟，你也怕难为情吗？"老头儿打趣地对它说，"兔子这东西是有害的、喜欢恶作剧的生物，它们也有自己的性格，也是一种卑鄙的性格。"

冬天好像过得特别快。三月来了，每天早晨，屋顶上长满了晶莹的冰柱，也有地面从雪下露出来。树上有了开始膨胀蓓蕾的。里面充满了汁液。第一批白嘴鸟也飞来了。周围的一切都从寒冬的睡眠中苏醒了，并且像对待节日似的来迎接夏天的到来。只有黑耳朵显得不快活。它越来越多次地跑出屋去，它变瘦了，也不再玩耍了，回到家里来时已经吃得饱饱的了，并且总是在长凳子下面的窝里整天没日没夜地睡觉。

"它现在到了换毛的季节，所以感到苦闷，"鲍加契解释说，"也是因为这个原因，所以春天人们不打兔子。此时兔子的肉是瘦的，毛皮也像被虫蛀坏了一样的。总之，不值得去打。"

黑耳朵真的开始变化了，它冬天的白毛将要变成了夏季的那种灰毛。背上现在已经变成灰色的了，耳朵和脚也变了，只有肚子上的皮毛现在还是白的。它喜欢跑出去晒太阳，在农家的土堡上一晒就是半天。

记得有一次克苏莎来看望黑耳朵，可是此时它已经离家整整三天了。

"它现在觉得在林子里比较好，所以就到林子里去了。这淘气鬼！"鲍加契对发愁的小姑娘不停地解释，"兔子们现在吃树上的幼芽，会在化了雪的地方去撕下那些绿色的青草。黑耳朵应该也觉得有意思吧。"

"老公公，可是我还给它带牛奶来了呢……"

"额，它现在不在，牛奶就让我们喝吧。"

叶列姆卡正在克苏莎身边转个不停，不时对长凳子下面的空兔子窝汪汪地吠着。

"它这是在向你诉苦，"鲍加契解释说，"它虽然只是一条狗，但它也生气了。我们都被那淘气鬼惹得生气了。"

"老公公，它真不好。"克苏莎含着眼泪说。

"它有什么不好呢？它就是一只兔子。夏天，林子里有东西吃，它就去玩；等到冬天没有什么东西可以吃的时候，它自己就会回来了。你想想，它只不过是一只兔子罢了。"

黑耳朵又自己回来一次，但在没有走近看守棚，只是在远处一动不动地坐着眺望。叶列姆卡便马上跑到它身边，去舔它的脸，汪汪叫喊着，好像请它来做客似的，但是黑耳朵动也不动。鲍加契向它招手，它还是如此。

"哟，你这淘气鬼！"老头儿喊道，"瞧，我请不来你，你竟然还摆起架子来了，你这小斜眼睛。"

四

春天很快过去了，夏天很快就来了，黑耳朵再也没有出现过。鲍加契也对它生气了："难道就不可以顺便来玩一会儿？它的事情又不多，总能抽出点时间来看看我们。"

克苏莎也对此生气了。她感到非常痛心，因为整个冬天她都是那么真心地爱着它。

叶列姆卡虽然不吭气，但是显然它也不满意这位朋友的做法。

夏天很快也过去了，秋天来了，下了一次像鹅毛般柔软的小雪花，开始霜冻了。黑耳朵始终没有再出现过。

"斜眼睛会再回来的，"鲍加契无力地安慰叶列姆卡，"你等着好啦，当雪掩盖了一切，没有东西吃的时候，它就会来的。我说的话肯定对。"

可是第一次雪下过之后，黑耳朵依然没有出现。甚至鲍加契也发起愁来了，然而说实话这又算什么呢：连人都不能够完全可靠，更何况是一只兔子呢。

有一天早晨鲍加契在他屋子附近干活，忽然听见远处一阵嘈杂声，接着又是一阵枪声。叶列姆卡便竖起耳朵警戒起来，又是哀怨地在那尖叫了一声。

"上帝啊，这是猎人们来打兔子啦！"

鲍加契听着从河对岸传来的枪声说，"真的是这样。天呀，枪响得多么厉害！唉，他们那样子会打死黑耳朵的！肯定会打死的！"

老头儿甚至连帽子也不戴就飞奔到河边。叶列姆卡也同样飞奔着。

"噢，他们一定会把它打死的！"老头儿在那里又重复了一遍，他一边走一边喘气，"又在那里开枪射击了。"

从山上一切都能看得清清楚楚。在兔子通常栖居的林间草丛旁边，隔着相当的距离站着猎人们，还有一些围猎的人会把野兽从林子里往猎人面前驱赶。

大哨子在那边尖锐地响着，随着响起了一片可怕的喊叫声和喧嚷声，一些受惊的兔子从树林里跑出来了。

猎枪的射击声又响了，鲍加契焦急得连声音都变了，他大声喊道：

"等一等，老乡们，你们不要打死我的兔子了！噢，不要啊，老乡们！！"

他离猎人们很远，所以他们什么也听不见，但是鲍加契还是不停地叫喊着、挥着手。当他跑到时，这一场已经结束了，共打死了十来只兔子。

"老乡们，请问你们在干什么呀？"鲍加契快速跑到猎人面前愤怒地说道。

"怎么？你没有看见我们正在打兔子吗？"

"可是林子里有我的一只兔子呀……"

"是什么样的呢？"

"是这个样子的……很独特。它的左前脚是受伤的……它叫作黑耳朵……"

猎人们对这个噙着眼泪求他们不要去射击的疯老头儿笑了。

"我们不需要你的那只兔子，"有人在对他开玩笑说，"我们只会开枪打自己的。"

"唉，先生，不行，先生！……这样可不行……"

鲍加契把所有被打死的兔子都查看了一遍，没有发现黑耳朵。所有兔子的脚都是好的。

猎人们嘲笑了他一阵，便继续沿着树林的空地前进，开始进行第二次追猎行动。

从村里招来的那些追赶野兽的小伙子们，嘲笑他，就连雇佣的猎人铁伦纪（一个跟鲍加契认识的农夫）也在那里嘲笑他。

"我们鲍加契的脑筋坏掉了，"铁伦纪还开玩笑说，"像你这样的话，每个人都要到林子里来探寻自己的兔子了！"

鲍加契打兔子的季节又来到了，可是他不想去打，老是拖着。黑耳朵会不会自己不小心忽然落进陷阱了呢？每天傍晚他都要到兔子常去觅食的打谷场去找，他仿佛觉得每一只跑过的兔子都像是黑耳朵。

"叶列姆卡不是一直凭嗅觉就能够认得出黑耳朵来吗，这就是狗的特殊本领，"他决定了主意，"怎样也应该试一试。"

说做就做。有一次天气很糟，鲍加契带着叶列姆卡外出去打猎。狗好像不愿意下山似的，好几次回头不舍地望了望房子。

"快去吧，快去吧，有什么好偷懒的！"鲍加契对它大声吆喝着。

他便绕着打谷场追赶兔子，结果一下子窜出了十来只。

"唔，叶列姆卡我们要走运了。"老头儿心里默默地想。

但是狗的吠声却使他惊讶起来。这是叶列姆卡在山底下的叫声。刚开始老头儿以为狗要疯了，到了后来他才知道究竟是怎么一回事：叶列姆卡根本无法分辨这些兔子。在它看来每只兔子好像都是他的黑耳朵。起初老头儿对此很生气，但后来说：

"叶列姆卡，你虽然愚蠢，但是你做得对。我们不能够再去杀害兔子了。算啦。"

鲍加契辞掉了自己的工作。

"我不想再干下去了。"他简短地对果园主人说。

小天鹅

一

　　夏天是多雨的日子。生活在这样的天气里，特别是当前面有一个可以用来烘干衣服和取暖的地方的时候，我很喜欢到森林里去走走的，还有，夏天的雨是十分暖和的。这时城市里肯定是一片泥泞，但是在森林里，却是另一番景象，土地贪婪地吸取水分。因此简直像是在有点儿润湿的、那些由去年散落和脱落下来的枞树和松树的针叶铺成的地毯上行走似的。树上满是雨滴，只要稍微动一动，雨滴就会撒落下来。

　　在雨后太阳的照射下，森林发出鲜艳的绿色，整个森林闪烁着金刚石般的火花。好像是节日里的气氛一般的快乐，气氛围绕着你的四周，使你觉得你在这样的一个节日里，好像就是人家所盼望的亲切的客人。

　　正是在这样一个多雨的日子里，我慢慢走近了光明湖，走到了一个渔场看守人塔拉斯那里。雨稀疏了。在天空的另一端，出现了晴天，只要再过一会儿，就会出现炎热的太阳了。

　　突然林间小道转了个急弯，我来到了附近的一个陡峻的山岬上。这山岬好像一条突出在湖里的舌头。事实上，这里并不是一个真正的湖，而只是夹在两湖中间的一条比较宽阔的水道，而渔站就在水湾边那个低低的岸上，在水湾里停靠着许多渔船。这条水道是由长着许多树木的大岛屿环绕形成，这些岛屿像是一顶顶绿色的帽子，散在渔场的对面。

当我出现在山岬上时，塔拉斯的狗就叫了起来。每当它看见生人总是会发出特别的声音来。它那尖锐而断断续续的叫声好像是在生气地问："来的是谁？"

我喜欢这种小狗，因为它们非常的聪明，并且能够忠于职责。

从远处望去，渔场好像一只底朝天的大船——那些弯弯的木头的旧屋顶，上面生长着茂密的绿草。小屋的四周，都生长着繁茂的鼠尾草、狭叶柳叶菜和熊笛草，因此向小屋走去的人，从远处看只能露出一个头。这样稠密的草只生长在湖岸旁，因为那里土地肥沃，湿气充足。

当我走近小屋的时候，突然从草丛里一骨碌地窜出了一条花狗，拼命地朝着我吠叫。

"小黑貂，你别叫了……是我呀，你不认得我了吗？"

小黑貂踌躇地停了下来，很明显，它还是不相信我是它的旧相识。它警惕地向我走近，接着嗅我的猎人长靴，经过了这一些礼节之后，它抱歉地摆动着尾巴，好像在说："对不起，刚才是我搞错了，但是，我总要这么负责地看守这屋的呀。"

主人不在，小屋里没有人，大概到湖边去察看渔具了。

小屋周围的火焰淡淡地冒着烟，一捆才刚刚从山上砍下来的木柴、晾在柱子上的渔网以及嵌在树桩上的斧头，这一切都说明这里是有人住的。

通过渔场半开着的门，能够看见塔拉斯家的一切家具：猎枪挂在墙上，几个坛子在土炕旁边，一只箱子在长凳下面，还张挂着各种渔具。小屋也相当宽阔，冬天捕鱼的时候，可以容纳全体捕鱼工作人员。

夏天的时候，老头儿独自住着。无论什么天气，他都把俄国炉子烧得很热，睡在那张吊床上。他是那么地喜欢暖和，这说明塔拉斯已经达到了那可敬的年纪了：他大概有九十岁的样子了。我说"大概"，是因为塔拉斯他自己也有忘记了出生日期，"在法国人之前呢，"他是这样说的，意思就是指在 1812 年，法国人入侵俄国以前他出生的。

脱去了潮湿的短上衣，把猎枪挂在墙上后，我就开始拨炉火。小黑貂慢慢挨近我周旋着，它仿佛预感到有某些好处。小火焰快活地在那里燃烧着，向上冒出一缕缕青烟。

雨已经停了。天空中飘浮着支离破碎的云，还不时掉下些稀疏的雨滴，然而有些地方却现出了晴天。然后就出现了太阳。在七月的艳阳照耀下，潮湿的草好像还在冒烟。

湖水是静悄悄的，然而也只有在雨后才能够这样平静。传来断断续续的附近松林里松脂和新鲜的鼠尾草的芬芳气息。一切都是非常美好，只有在那些深幽的森林角落里，才会如此！

在右边，在那条水道的尽头，平静如镜的光明湖的表面泛着青草般翠绿的颜色，湖后是许多高山。多么美妙的角落呀！难怪塔拉斯老头儿在这儿住了整整六十年。他住在城市里的时光不够在这里的一半。在城市里无论你花多少钱，也不能够买到那样新鲜的空气，尤其是笼罩在这里的"幽静"气氛。

渔场真是太好啦！

熊熊的火焰快活地燃烧着，炽热的太阳晒得更加厉害了。眺望这灿烂发光的湖的远方，把人的眼睛都给刺痛了。要是坐下来的话，还真舍不得跟这奇妙美丽的森林分手。一想到城市，就像做噩梦一样浮现在脑子里。

为了等老头儿，我把一只行军用的铜茶壶吊在长棍子上，并且放在火上，此时水已经沸腾了，可是那个老头儿还没有回来。

"他上哪儿去了呢？"我出神地想象道，"检查打鱼工具，那应该是早晨的事情，而现在都已经是中午了……可能他是去察看一下会不会有不打招呼就捕鱼的人吧？小黑貂，你的主人现在躲到哪里去了？"

这条聪明的小狗只是摇摇那毛茸茸的大尾巴，咂咂嘴，不耐烦地汪汪尖叫起来。从外表上看来，小黑貂属于"猎狗"的类型：身子不大，还有尖长的嘴脸，还有耸起的耳朵以及向上弯曲的尾巴。它又有些像那些普通的看家狗，与它们所不同的只是看家狗在森林里不会找到松鼠，而且不会咬野鸡，以及不会追踪麋鹿罢了。总之，它是一只地道的猎狗，是猎人最好的朋友。只有在森林里，才能够充分估计这种狗的价值。

当这个"猎人最好的朋友"高兴地尖叫起来时，我明白它是看见了自己的主人。一点都没错，在水道上出现了一只黑点一样渔船，这只船正在绕着各个岛屿向这里驶来。那就是塔拉斯……他在那里站着划船，用一把桨巧妙地慢慢划着——真正的渔夫几乎都是这样子的。当他驶近时，令人奇怪的是我看到船的前面竟然游着一只天鹅。

"回家去，你这好游荡的家伙！"老头儿赶着那美丽的天鹅说，"回家去，快些回家去……看我还会不会让你随便游到什么地方去，回家去，你们这些好游荡的家伙！"

天鹅巧妙而灵活地游近渔场，并且慢慢走上了岸，抖一抖身子上的水，然后大摇大摆地朝小屋子走去。

二

塔拉斯是一个高个子，他有一对严肃的灰色大眼睛和满腮的白胡须。整个夏天他一直都是赤脚过的，也从来不戴帽子。可奇怪的是他的牙齿却十分完整，头顶的头发也没有怎么脱落。晒黑了的宽阔的脸上刻着一些深深的皱纹。在天热的时候他只穿一件青麻布衬衫。

"你好，塔拉斯先生！"

"先生，你好！"

"你这是从哪儿回来的？"

"我划船去找我的'养子'——天鹅……刚开始时它老是在水道里慢慢地回转，后来忽然不见了，于是我立刻去找。走到湖里——没找到，几个湖湾全都划了一圈——也找不到，它却在鸟屿那边欢快地游着哩。"

"你从哪儿弄到的这只天鹅？"

"是有一天顺便捡来的！东家们的猎户全都到这儿来打天鹅，他们打死了许多小天鹅和大天鹅，但是这一只却逃过了。它当时躲进芦苇，就蹲在那里。飞又不敢飞，就那么一直躲着，我呢，当时对着芦苇下了网，所以就捉住了它。它单独一只是活不了的，因为老鹰会把它吃掉的，它成了孤儿了。我就把它带回来，并且养活它。它也慢慢地习惯了……我们现在住在一起将近一个月了，早上天一亮它就会起来，先在水道里游一阵，再找些东西吃，然后就回家来。它知道我什么时候起来，就在那里等待着，好喂它东西吃。总之，它是一只聪明的鸟，它明白自己和我的生活程序。"

老头儿十分开心地谈着，就仿佛在谈论着自己的亲人一样。天鹅蹒跚地走近了小屋，显然是在等待着东西吃。

"老伯伯，它以后会从你这儿飞走的。"我说。

"可是它为什么要飞走呢？这里多好呀……可以吃得饱饱的，四周又是一片水……"

"那冬天呢？怎么办？"

"跟我一起在小屋里过冬呀。地方够大，这样我和小黑貂也能更快乐些。一天，有个猎人曾经过我们渔场，看见了那只天鹅，也那么说过：'如果不把它的翅膀剪掉，它迟早会飞走的，'可是怎么能把鸟儿弄成残废呢？听天由命吧，俗语说人有人命，鸟有鸟命……我真不太明白，为什么要打天鹅呢，它又不能吃，难道这样只是为了好玩？"

天鹅就像懂得老头儿的话语似的，用它灵活的眼睛望着老头。

"它跟小黑貂相处得怎么样？"我继续问。

"开始的时候有些害怕，后来渐渐就习惯了。有一次，天鹅竟抢了小黑貂的一块食物。小黑貂对它吠着，天鹅就用翅膀打它。我在旁边看着它们才可笑呢！有的时候它们会一起出去……天鹅在水里，小黑貂就在岸上。有一次狗也想跟在天鹅后面去游泳，但是技术不行，差一点就淹死了。每次，当天鹅游开去的时候，小黑貂就喊叫着去找它。我这狗没有它这位心爱的朋友，可苦闷得很呐。……我们三个就是这样一块儿生活的。"

我很喜欢这位老头儿。他会讲故事，也懂得许多的事情。那么聪明的好老头儿是很少见的。许多次夏天晚上，要在渔场上过夜，每次都能够听到一些相关的新闻。塔拉斯以前是个猎人，他熟悉周围五十俄里以内的任何地方，熟悉树林里各种鸟和野兽的性格。他现在不能够到很远的地方去了，所以只好谈谈自己的鱼了。

划船比带枪在树林里，特别是比在山里走要容易得多。塔拉斯现在那支猎枪放在那里只是为了纪念罢了，或者是有狼来的时候可以派上用场。冬天的时候，狼窥伺着渔场，并且老早就对小黑貂磨牙齿了。只因为小黑貂够机警，所以才没有吃狼的亏。

在渔场里我停留了一整天。晚上我们去钓鱼，夜里张挂了网。光明湖真美，这湖叫作"光明"，不是毫无理由的：湖里的水完全是透明的，从上面，能够看见几俄丈深的湖底。看得见斑色的芦苇、水草、黄色的河沙以及成群结队地游来游去的鱼。

在乌拉尔像这种山里的湖少说也有几百个，它们都以非常秀丽的景色出名。

光明湖和其他湖不同的地方就在于它只是一面靠山，其他几面都与草原衔接着，那儿是巴什基利亚的起点。围绕着光明湖的地方都很广阔，有一条奔腾的大河是从那里流淌出来，灌溉了整个大约有一千俄里的平原。

湖的长度大概有二十俄里，宽大约有十俄里，有的地方，湖的深度可以达到十五六俄丈。岛屿长着树，造成了湖特别美丽的景致。有一个处在湖中央的岛屿，叫作"俄岛"，是因为渔夫们碰到坏天气才会来到这个岛上，而每一次来总要饿上好几天肚子的。

塔拉斯住在光明湖已经将近四十年了。以前他也有自己的家和房子，可是现在他却很孤独。他的孩子们都死光了，最终妻子也死了，塔拉斯决定年复一年、寸步不离地一直守在光明湖上。

"你不会感到闷吗？老伯伯！"在我们捕鱼回来的时候我问，"一个人独自在森林里是乏味无聊的。"

"一个人？大家都这么说……然而我在这里却像王公一样生活着呢。这里有各种类型的鸟，也有草，也有鱼。虽然，它们不会讲话，但我却十分了解它们。有时只要看看宇宙间的万物，心里就开朗了……任何事物都有它们自己的智慧和秩序。你觉得鱼在水里游，或者鸟在天上飞，是没有任何意思的吗？不，其实它们的忧虑并不比我们少……你瞧吧，那天鹅在等候着小黑貂和我呢。嘿，嘿，调皮鬼……"

老头儿非常满意自己的养子，一切的谈话最终还是要引到它身上来。

"它是高傲的，真是帝皇般高傲的鸟啊，"他说，"你用饵去招它，却不给它，那么下一趟它就不来了。它虽然只是一只鸟，但是也有它自己的个性……对小黑貂它也要保持自己的尊严，只是稍微差了那么一点儿，它会用翅膀去拍，或者用嘴去啄它。你知道吗，有一次狗想和它开玩笑，用牙齿去咬它的尾巴，然而天鹅却给了它一巴掌。这就是说这种玩笑开不得呀。"

我歇了一个晚上，第二天早上开始准备上路了。

"秋天再来吧，"老头儿在分别时说，"那时，我们可以用鱼叉和篝火来捕鱼……我们还可以猎松鸡。秋天的松鸡是特别肥的。"

"好的，老伯伯，我一定会来的。"

我要离开的时候，老头儿又把我叫了回来：

"看吧！先生，那小黑貂跟天鹅正在玩着呢……"

果然是真的，这是一幅非常值得欣赏的奇妙图画。当时天鹅张开翅膀站着，小黑貂一直尖叫着，一面在攻击它。聪明的天鹅伸长了脖子，低声对着狗儿怒喝。老塔拉斯看着这幕情景，就像小孩子一样，从心底发出幸福的微笑。

三

我是在深秋的时候第二次到光明湖的。那时初雪已经下过了。森林很美，有的白桦树上还留着黄叶。松树和枞树比夏天显得更绿了。秋天的枯草就像黄色的刷子一样从雪下伸出来。死一般的沉静笼罩着四周的一切，大自然好像被夏天沸腾的工作弄得筋疲力竭了，现在正在好好地休息。光明湖显得更大了，由于沿岸的花草树木都消失了。清澈的湖水变得昏暗起来，秋天的急浪哗哗地拍打着湖岸。

塔拉斯的小屋地点没变，但却显得高了些，由于那些围在房子四周的高茎草枯死了。第一个跳出来迎接我的仍然是那只小黑貂。只是这一次它认得我了，所以在远处就对我亲热地摇尾巴，当时塔拉斯正在家里修理冬天用的捕鱼网。

"老伯伯，你好！"

"先生！你好呀！"

"生活过得好吗？"

"还好，秋天下第一场雪的时候，得了一点小病。腿痛——天气不好的时候就这样的。"

确实，老头儿带着一副疲劳的神色。现在的他显得是那样的可怜。但是，看样子，这情形不像是因为生病引起的。喝茶的时候，我们就已经谈开了，老头儿谈到了他的苦处。

"先生，你还记得我的天鹅吗？"

"你说的是养子？"

"就是啊……唉，实在是一只好鸟！……可是现在又只落得我跟小黑貂独自地过日子了，唉，养子不在了……"

"是被猎人打死的吗？"

"不，它是自己走的……先生，这对我来讲打击太大了。难道我对它的照顾和养育不够好吗？我亲手喂它。它一听见我的声音就知道有吃的来了。它在河里游泳的时候，我一喊它也会游回来。多么聪明的鸟呀。一切都已经习惯了……唉，就在下霜的那天出事了。一大群天鹅飞来，降落在明亮的湖面。它们休息、游水、找食吃，我欣赏着它们带来的美丽。让它们休息一下吧，它们飞往的地方还很远呢……唉，这样出事啦，我的那个养子刚开始时不跟别的天鹅结伴，刚游近它们就回来了。无论那些天鹅，怎样呼喊它，它还是走回家来……它好像跟它们说，我有自己的家。就这么过了两三天，它们应该是把一切都用它们的鸟话谈妥当了。后来，我发现我的养子愁闷起来了……那种发闷像人一样。接着它走到岸上，独脚站着，开始对那些天鹅呼喊了。要知道它喊得是那么悲惨呀……把我也搞得郁闷起来了，而小黑貂，那个笨家伙却像狼一样吠着。当然，它也是只爱自由的鸟，血液是……"

　　老头儿不作声了，并沉重地叹了一口气。

　　"那又能怎么样呢？老伯伯！"

　　"唉，……我把它关在小屋里一整天，结果它就在那里吵了一整天。还是用一只脚支撑身体，紧靠着门站着，如果不赶它的话，它会一直站下去。它就像在说：'放了我吧！老伯伯，放我回到同伴那儿去吧。它们都要飞到温暖的地方去了，为什么我要在这里和你们一起过冬呢？我也想飞走啊！'我想，如果放了它，它就跟在它们后面飞走了，就不知去向……"

　　"为什么会不知去向呢？"

　　"有什么办法呢？……它们是在自由自在的氛围中长大的，小的时候父母就教它们飞翔，你认为它们是怎么样的？小天鹅长大了，父母先带它们在水里学游泳，后来就教它们飞。按照次序训练：越飞越远，越飞越远。我亲自看见过它们怎样教小天鹅飞行的。开始时是单个教，后来是大群一起学，再后来就联合成更大一群。就像练兵一样……我的养子是独自长大的没有经过训练的，请你想想看，它哪儿都没有飞过。当它要飞行几千俄里时，它怎么能坚持下去呢？当力气用尽的时候，就会脱离了天鹅群而不知去向的。"

　　老头儿又不说话了。

　　"可是不放它走，我又能如何呢。"老头儿悲哀地说，"我想，如果硬留下它过冬，它总要发闷和生病的。它是一种很特殊的鸟。于是我就这样放它离开了！我的养子飞到它同伴那里去，跟它们游了一天，晚上又回到家里来。就这样过了两天。虽说是一只鸟，它一样会为离开家而难过。先生，它最后是游回来告别的……那次，它离开岸游大约二十俄丈远，停下来，先生，它就用它的话叫喊着，好像说：'老伯伯，谢谢你的照顾！'就这么走了。孤零零的又剩下我和小黑貂了。起先，我们非常苦闷，我问小黑貂：'小黑貂呀，我们的养子呢？'小黑貂马上吠叫起来，可见它也非常悲哀呢。它跑到岸边，四处寻找它亲密的朋友……整个晚上我都在做梦，梦见我的养子，它正靠岸游着，拍打着小翅膀。可是当我走出去看时，什么都没有……先生，就是这么一回事呀。"

小　熊

"先生，你想要一只小熊吗？"马夫安德莱对我说。

"在哪儿有小熊？"

"就在隔壁邻居那里。是他们认识的猎人送的。一只特别可爱的小熊，生下来才三个星期，总之，是一只非常有趣的小东西。"

"既然那么可爱，邻居为什么又要送掉呢？"

"谁知道呢。我看到过那只小熊：还没有手套大呢。打起滚来，多么滑稽呀。"

乌拉尔的县城里有我的住所，房子很大，为什么不为自己弄只小熊玩玩呢？那小东西应该会很有趣吧。让它住一下吧，怎样处理它，等以后再说。

既然决定了就快去做。安德莱到邻居那儿去了，半小时后，带来了一只可爱的小熊。的确，它真的还没有安德莱的手套大呢，与手不同的是，它是用四只脚走路，更有意思的是，它有一对讨人喜欢的蓝色小眼睛。

街上的一大群小朋友看见后都跟在小熊后面，因此我只好把大门关起来。小熊来到房间里后，不但一点也不慌张，而且它感到十分自在，就像到了自己的家里一样。它充满了好奇，安静地观望一切东西，就算是绕着墙走来走去，什么东西都要闻一闻，还要用它的小黑掌摆弄一下，好像觉得一切都很有趣似的。

一些中学生给它带来了小圆面包、牛奶和面包干。小熊很自然地接受了一切东西，好像那是它应得的一样，接着用后腿蹲在角落里，准备吃了。它做一切动作都带一种非常庄重的态度让人觉得很滑稽。

"你喜欢牛奶吗，小熊?"

"小熊，快拿面包干呀。"

"小熊! ……"

正在乱哄哄的时候，我的那条火红色波状长毛的老猎狗不知什么时候走进了房间。猎狗立刻嗅出了房间里陌生动物的味道，便伸长了身体，毛也都竖起来了。当我们还未来得及回头看的时候，它已经站着凝视小客人了。当时是这样一幅情景：小熊在角落里，坐在后腿上，用凶狠的眼睛盯着慢慢地向它走近的猎狗。

这是一条经验丰富的老狗，所以它没有一下子就扑过去，只是用它的大眼睛惊讶地长久地望着这个不速之客，因为它认为这是它的地盘，现在这里却忽然闯进了一只陌生的野兽，呆在角落里，而且好像毫不在乎地望着它。

我看见那只波状长毛狗气愤得颤抖起来，准备去抓这只小熊。要是它扑到小熊的身上，可怎么办呢! 然而这时却又发生了谁也想不到的另一件事。狗望着我，似乎是在等我的同意，并且慢慢地用好像是计算好的步子向前移动。离小熊只剩下半俄尺的时候，它停下来不敢跨最后的一步了，只是使劲地伸长身体，用力吸着空气；它想按照狗的习惯先闻清楚这个不熟悉的敌人。

就在这千钧一发的时刻，那小客人竟然伸出右脚掌，直向狗脸上打了过去。大概是很有力的一下，因为狗跳开，并且尖叫了起来。

中学生们称赞着说，"小熊真棒呀! 它那么小，却什么都不怕……"。

狗感到惊慌了，偷偷逃到厨房里去了。

小熊非常镇静地吃完了牛奶和圆面包，然后爬到我的膝盖上，缩成一团，开始呜呜地像小猫一般地叫起来。

"啊，它多么好玩呀!"中学生们异口同声地说，"把它留在我们这里吧……它是那么瘦，能干出什么歹事来呢。"

"好吧，就让它留在这里好了。"我一面观察着渐渐安静下来的小熊，一面点头答应。

　　怎么能不留下呢！它呜呜叫着是那么可爱，它又那么信赖地用黑色的小舌头舔着我的手。舔着舔着，竟像婴儿一般地在我手里睡着了。

　　小熊呆在我家里，每天使观众（不论是大人还是小孩）都很快活。那么有趣地翻筋斗，而且对一切东西都充满了好奇，四处都想去爬爬。对于门，它尤其感到兴趣。它经常伸脚去开门。要是门不开，那么它就滑稽地生起气来，叫着，还用它那尖得像白色丁香花似的牙齿咬木头。

　　这个小笨蛋的那种劲头和气力，使我很惊讶。的的确确，在这一天内，它把整个房子都转遍了，而且好像没有一样东西它没有嗅过、瞧过和舔过。

　　晚上，我把小熊放在我自己的房间里。它在地毯上缩成一团，马上就进入了梦乡。

　　等它安静了，我就关灯准备睡觉。不到一刻钟我也就睡着了，可是当我梦做得最有趣的时候，忽然被吵醒了：小熊固执地想把通向饭厅的门打开。我拉开了把它放在原先的地方。但不到半个钟头，事情又重现了。我只好起来，第二次把固执的小熊放好。但过了半个钟头，老一套又上演了……

　　后来我反感了，也很困。我就依它开了书房的门，把小熊放进了饭厅。所有门和窗都是关好的，因此用不着担心它会逃出去。

　　可是这一次更睡不成了。小熊爬进了橱柜，把碟碗弄得叮当响。我只好爬起来，把它从碗柜里拉出来。这时小熊生气了，它吼叫着，转动着脑袋，还想办法咬我的手。我无奈地抓住了它的脖子，把它拖进客厅里。这样的吵闹令我很烦，并且明天我还要早起的。所以很快就睡着了，也忘记了那个小客人。

　　大约过了一个小时，客厅里一阵可怕的响声使我惊醒。起先，我还想不会是出了什么乱子了吧，后来，一切都明白了：小熊跟前厅里的狗打起来了。

　　"真是一只猛兽！"马夫安德莱把作战的双方拉开来时，感慨地说。

　　"现在我们把它放在什么地方好呢？"我一边想一边高声地说，"它整夜不让人好好睡觉。"

"可以送到中学生那里去，"安德莱建议道，"他们那么喜欢它，就让它睡到他们那里去好了。"

小熊被放到中学生们的房子里，他们非常欢迎这个小房客。

深夜两点钟时，整幢房子静下来。

我很开心终于摆脱了这个不安静的客人而可以好好地睡觉了。可是不一会，大家听到中学生房里一阵可怕的声音后，都跑出来了。那里发生了什么事情吗……我跑进了那间房间，擦亮了火柴，此时的我一切都明白了。

房子中间是一张写字台，上面盖着漆布。小熊顺着桌子的腿爬到了漆布，用牙齿咬住它，接着用脚抵住了桌子的腿，就开始用力地拖。拖呀，拖呀，直到整个漆布和它上面的一切——两瓶墨水、灯、一个盛水的玻璃瓶和其他东西都给它拉下来。结果玻璃瓶都给打破了，墨水也流了一地，可是那个始作俑者却逃到最远的角落里，在那里，它闪动着像两点火星似的亮眼睛。

大家想把它捉起来，可是它拼命抵抗，甚至还咬了一个中学生。

我说，"这个小强盗，我们应该把它怎么办？这都是你安德莱不好。"

"我干了什么坏事呀，先生？"马夫争辩着，"我只是谈到了小熊，是你自己想要的。并且中学生们还称赞它哩！"

总之，小熊整夜没让大家睡觉。

第二天，它又弄出了新的麻烦，当时是夏天，门都没关上，它偷偷地跑到了院子里，把院中的一头母牛给吓坏了。最后，它还捉到了一只小鸡，踩死了它。它引起了大家的恐慌。痛惜小鸡的女厨子非常生气，她向马夫扑了过去，两人几乎打起架来。

第二天晚上，为了避免麻烦，我把这位不安静的客人锁在储藏室里了，那里除了一箱面粉，就什么也没有了。早晨女厨子发现小熊竟然在箱子里，这时她多么愤怒啊。原来小熊掀开了沉重的盖子，舒服地直接睡在面粉上。女厨子吓得哭了起来，她要求辞职。

"这可恶的畜生让人不能过日子了,"她说,"现在母牛不能走近,小鸡必须锁起来,面粉丢掉……不,对不起,先生,你还是给我算账吧。"

我承认,我非常后悔要了这只小熊,因此当我找到了一个熟人要小熊时,我心里非常高兴。

"太感谢了,多么可爱的动物啊!"他称赞说,"小孩们一定会非常高兴的。对于他们,这可以算是节日礼物了。真的,多么可爱!"

"是的,"我同意说,"多么可爱呀!"

我们终于摆脱了那只可爱又可怕的动物,整个房子又恢复了原来的秩序,大家都不由自主地松了一口气。

可是我们的幸福并不长久,因为朋友第二天就把小熊带回来了。因为它在新的地方比在我家里捣乱捣得更厉害了。它钻进了马车里狂叫。马拼命地奔跑了,结果把马车撞破了。我们非常想把小熊还给原主去,可是那边直接拒绝了。

"我们怎么办呢?只要能摆脱它,我甚至愿意付些钱给别人。"我对马夫说。

很走运,我们找到了一个猎人,他很高兴地把小熊带走了。

小熊以后的命运,我就全然不知了。

灰脖鸭

一

初秋的寒冷，让小草发黄了，让所有的鸟儿都非常不安。大家开始为长途飞行做准备。满脸都是严肃忧虑的神色。是啊！飞越几千俄里的距离，是件多么不容易的事啊……多少可怜的鸟儿在途中因疲倦送命，多少小鸟会在意外的灾难中送命。总之，这事情值得好好思索一下。

稳重的大鸟例如大鹅、野鹅、野鸭，认识到飞行中会碰到的所有困难，用认真的态度去准备旅行。可是有些小鸟，例如沙鹬、黑襟鸽、红领鹬、梅花雀和雎鸠，他们吵闹而慌忙。他们早就成群结队，从这边搬到那边，在沙滩和沼地上快飞，就像是有人撒下的豌豆。那么小的鸟，也要做那么巨大的工作……

树林沉默地挺立着，因为主要的歌手都不到天冷就全部飞走了。

"这些小东西忙着要去哪里呀！"老公鸭喊着，他讨厌自寻烦恼，"反正到了时候，大家都会飞走的……我不明白，这有什么值得着急的。"

"你是个懒家伙，所以看到人家忙碌就不开心！"他的妻子老母鸭说。

"我是懒家伙？你对我太不公平了！也许我比所有的鸟儿都关心这些事，不过我没有显现在脸上罢了！如果像他们那样子，每天在岸上跑来跑去，嚷着，喊着，妨碍人家，让人家讨厌，这样就好了吗？"

老母鸭原本对丈夫就很不满意，现在她生气了……

"懒家伙，你瞧人家吧！瞧瞧我们的邻居野鹅或天鹅，看起来就让我心里舒服。他们生活得多么和睦……天鹅野鹅也不会抛弃自己的家，它们总是最先照顾自己的孩子。就是，就是这样子！你看看你自己老是不管小孩子们的事。什么事你只想到自己，只想到自己吃饱……总的说来，你就是懒虫！我看着你就讨厌！"

"别啰嗦了，老太婆！我都一点也不是你那讨厌的性格。每个人都有缺点嘛……野鹅是笨鸟，所以他们只懂得照顾自己的孩子，而我的态度是向来不干涉别人的事包括我的孩子，为什么要管闲事呢？各人按自己的办法生活好啦……"

老公鸭喜欢严肃地对待事情，而且总以为自己永远是聪明的，永远是对的，也永远比大家都好。对于这一点老母鸭早就习以为然了，现在完全是为另外的一件事情苦恼着。

"你是个什么父亲呀！"老母鸭顶撞说，"做父亲的总要照料自己的孩子呀，你呢，简直对孩子就是漠不关心！"

"你是说灰脖鸭吗？她不能飞，又不是我的错，我有什么办法呢？……"

他们叫自己残废的女儿灰脖鸭。在春天的时候，有只狐狸偷偷跑到小鸭窝里，抓住了灰脖鸭。当时老母鸭勇敢地扑向敌人，把这只小鸭子救了回来，可是却发现她的一只翅膀已经被咬断了。

"我们怎么能把灰脖鸭独自扔在这里呢，这件事想起来就令人害怕，"老母鸭流着眼泪说，"大家都飞走了，把她孤单单地留在这儿！是呀，多么孤单呀……我们飞到温暖的地方去了，这可怜的孩子却要在这里冻死，要知道她也是我们的女儿，我是非常爱她的呀！老头儿，我告诉你，我就留下来和她一起在这里过冬了！……"

"那别的孩子怎么办呢？"

"他们都健康，没有我也可以。"

每次说起灰脖鸭，老公鸭总是想法逃避。诚然，他也爱灰脖鸭，可是为什么要自寻苦恼呢？留下，她会被冻死的，可怜是可怜，但也没有别的办法啦。况且，他也得想想其他的孩子们呀。妻子心里焦急，他也一样，可是总得认真地思考这件事情呀。

　　老公鸭心里可怜妻子和孩子，可是他也完全了解母爱的伟大。如果当时狐狸吃掉了灰脖鸭，或许更好些，要知道，她总是要被冻死的。

二

　　快要分别了，老母鸭对残废的女儿更加温柔了。可怜的小东西还不知道离别和孤独是什么呢。她好奇地注视着别的在收拾上路东西的小鸟们。当然啦，她羡慕她的兄弟姊妹，因为他们快乐地准备着飞行，他们要飞到很远的没有冬天的地方去了。

　　"春天你们会回来吗？"灰脖鸭问妈妈。

　　"对呀！回来，亲爱的，当然会回来了……我们会重新生活在一块儿的。"

　　为了安慰灰脖鸭，母亲把野鸭们曾经留下来过冬的几件事情说给她听。这些鸭子中有两对是老母鸭的朋友。

　　"亲爱的，日子总有方法过的，"老母鸭安慰着她，"开始你会感到寂寞，以后就会慢慢习惯的。如果能把你搬到温泉去，那该多好呀！温泉离这里不远……不过，说这些空话有什么用呢？反正我们不能把你运到那儿去。"

　　"我会常常想念你们的……"可怜的灰脖鸭反复地说，"我会常常想：你们在什么地方？在做什么事？快乐不快乐？一切就跟我和你们在一起时一样。"

　　老母鸭为不露出悲哀绝望的神气，费了很大的劲。她努力装出快活的样子，但她却在偷偷地流泪……唉！她心里是多么为弱小的灰脖鸭伤心呀。现在老母鸭心里几乎全都是灰脖鸭，她甚至感觉自己不爱其他的孩子了。

　　时间过得好快呀！好多个寒冷的早晨已经过了，霜使白桦树发黄了，使枫叶变红了。河里的水变暗了，河两岸的芦苇掉落了叶子，使河身显得更大了。寒冷的秋风撕下干叶子，带走了。天空常常盖满灰蒙蒙的秋云，落下蒙蒙的细雨。好消息很少，只能看到成群结队的候鸟从旁飞过……

池塘里的鸟儿们已经先出发走了，因为池塘冻结啦，比较长久留下来的是会游泳的鸟儿。

灰脖鸭最悲伤的是鹤也飞走了。他们喊叫得非常悲伤，好像是在喊她，希望她跟他们一块儿飞走似的。一种神秘的预感，让她的心第一次难过地绷起来了。长久地她用眼睛送走天空飞过的鹤们。

"他们该多好多幸福啊！"灰脖鸭想着。

野鹅、天鹅、野鸭准备飞行了。鸟儿们组合成一大群。有经验的鸟儿教着年轻的。每天清晨这些年轻的鸟儿都会快乐的呼叫，做长久的闲逛来锻炼翅膀，为将来的长途飞行做准备。开始时领导者分批训练，然后再集合起来训练，它们的喊叫声是多少青春欢乐呀！……只有灰脖鸭一只不能参加这种训练，只能在远处看他们。有什么办法呢！只好向命运低头了。然而她的游水、潜水是那么棒呀！水就是她的全部了。

"出发了……是出发的时间了！"领导的老鸭子这样说，"我们还等什么呢？"

时间飞逝……关键的一天到来了，所有的鸟群在河上集合成一群。这是一个初秋的早晨，水面被一片浓雾笼罩着。由三百只野鸭聚集来的鸭群里，只听见领导者呷呷喊着。老母鸭整夜都没有睡觉，因为是最后一晚，是她和灰脖鸭在一块儿过的最后的一晚。

"你就待在泉水入河的那个岸边吧，"老母鸭劝告说，"那边的水，整个冬天都不会结冰的。"

灰脖鸭站在鸭群的附近，好像是个局外鸭……是呀，大伙儿都忙着飞行，所以谁也注意不到她了。

老母鸭看到可怜的女儿，整个心都疼起来了。她多么想留下来呀，可是还有其他的孩子，她怎么能单独留下来呢？

"飞吧！喂！"领导的老野鸭大声发出命令，大家便一齐向上飞去。

灰脖鸭独自留在河上，好长时间，她目送大家飞去。开始时大家飞成一堆，渐渐拉长了，拉成端正的三角形，然后消失了。

"难道我就这么孤独地过下去吗？"灰脖鸭流着泪想，"假如那时我被吃掉，会不会更好呢……"

三

灰脖鸭呆的那条河，快活地在山里面流着。那地方很僻静，周围没有什么人。河边的水夜里冻结起来，只是到了中午，玻璃般的薄冰都融化了。

灰脖鸭难过地想："不会整条河都会结冻吧？"

她孤零零的，感到很无助，心里挂念着飞走了的兄弟姊妹。他们现在在哪里？平安地飞到了吗？他们会想起我来吗？她有充分的时间来思考这些事情，她也充分地认识了孤独。河面是空阔的，但是树林里还藏着一些有生命的东西，那里的松鸡在唱歌，兔子们和松鼠也在跳跃着。

有一次，灰脖鸭实在太无聊了，便走近树林里。突然一只兔子窜出来，被吓坏了。

"哟！蠢东西！你吓了我一大跳！"兔子定定神说，"你为什么跑到这儿来？鸭子不是早就该都飞走了吗……"

"我不能飞：小时候，翅膀被狐狸咬坏啦！"

"狐狸我也知道，没有谁比他更坏的了。他很早就要找我的麻烦。你要留意着呢！尤其是在河水上了冻的时候，可别被他抓住了！"

他们就这样成为了朋友。兔子和灰脖鸭一样，也是无依无靠的独自一个，他经常靠着跑来逃命的。

"如果我也有翅膀，大概就不怕世界上所有的东西了。尽管你的翅膀坏了，可是你会游水的呀！你往水里一钻就没事了，"他说，"可是我常常害怕得发抖。我周围全是敌人，夏天还有地方躲避一下，到了冬天就无处可避了。"

不久初雪来了，然而河水没有向寒冷屈服。在夜里被冰冻了的一切，河水又把它打破了，斗争正在激烈地进行着。最可怕的是有星星的明朗的夜里，那时候，非常寂静，河好像睡着了一样，没有波浪，于是严寒就想趁着河熟睡时用冰来约束它。

事情就这样发生了。

在一个有星星的夜晚，幽暗的树林站在河边，好像守卫的巨人似的。山显得更雄伟了，夜里常常是这样的。月亮高悬着，用闪烁不定的光线照耀着一切。

白天喧哗着的山河宁静了，这时寒冷就偷偷地靠近它，紧紧地拥抱住这个任性傲慢的美人，用镜子一样的冰把它掩盖了。

灰脖鸭开始绝望了，因为只剩下河中间那个大冰窟还没有被冻，只剩下不到十五俄丈的地方可以游泳了。当咬断灰脖鸭的翅膀的狐狸时出现在河边，灰脖鸭更伤心了。

"喂！你好呀，老相识！"狐狸停在岸上，殷勤地说着，"好久不见了……祝你熬过冬天！"

"滚开，你滚开，我根本不想跟你说话。"灰脖鸭喊着。

"这都因为我一直太客气了！不过，老有人说我的坏话。他们自己干了不好的事儿，就推到我身上……不说啦，再见吧，现在！"

狐狸离开以后，兔子来了：

"你要当心呀！灰脖鸭，他还会再来的呀！"

灰脖鸭也开始害怕了。可怜呀，她甚至不想欣赏周围的奇景了。真正的冬天已经来了。冬天给大地换上了雪白的衣服，没有任何杂色，就连光秃了的柳树、赤杨、白桦和山梨树也结了雪白的冰花，好像银色的羽毛。枞树更庄严了，它们挺立在那儿，铺满了雪，好像穿着暖和的皮袍子。

虽然，周围是美极了，但是可怜的灰脖鸭现在只知道一件事：这些美景不是为她设计的，她一想到那个大冰窟就要封住了，再没有地方可以躲了，就全身都发抖。

过了不久，狐狸真的又来了，他蹲在河边，开口说：

"小鸭子，我想你想得好苦啊！……跑到这里来吧，要是你不想，我就走到你那里去啦。我可以迁就你的。"

狐狸便开始小心翼翼地在冰上爬行，一直爬向冰开口的地方。灰脖鸭的心已凉了半截。狐狸还是不能一直爬到水边，因为冰还很薄很脆的。他把脑袋放在前脚上，舔了一下，说：

"小鸭子呀！你真笨！……你爬到冰上来吧！再见啦！我还得忙着自己的事情呐！"

狐狸每天来观察冰洞封起来了没有。严寒还是干着自己的事，那没有上冻的大冰窟窿只剩下一俄丈了。冰也坚硬了，狐狸能够在洞边坐下来了。

可怜的灰脖鸭吓得只能钻到水里去，狐狸，恶狠狠地嘲笑她：

"不要紧，你钻吧！反正我要吃掉你的……还不如你自己走出来让我吃了呢！"

兔子在岸上看见狐狸的行为，非常的愤怒。

"唉！多么无耻的狐狸呀！灰脖鸭多么可怜呀！狐狸就要吃掉她啦……"

四

看来，等冰洞完全冻结时，灰脖鸭便会被吃掉了，但是事实却不是这样。

兔子的斜眼睛把这所有的一切都看到了。

事情发生在一个早晨，兔子跳出来找食吃，还跟其他的兔子玩了一会。天很冷，兔子们拍打着脚取暖。尽管天气冷，可是它们很快乐。

有一只兔子突然喊起来："留神呀，弟兄们！"

的确，危险就在眼前了。一个伛背的老猎人在树林的边缘站着，穿着雪靴，没有声息地悄悄走过来，他正在察看应该射哪只兔子。

他要选择一只最大的兔子，心里这么想着：

"哦，快了，老太婆就要有温暖的皮大衣了。"

他几乎用枪瞄准了，还好兔子们看到了他，发疯似的逃进树林子里去了。

"唉！狡猾的家伙们！"老头子愤怒了，"我回头把你们……唉！它们怎么会懂得老太婆是不能没有皮大衣的呢。她不能挨冻呀！你们跑吧，骗不过我阿金奇契的。阿金奇契更狡猾……还有你瞧，老太婆是怎样吩咐阿金奇契：'老头儿，你当心，没有皮大衣可别回来！'现在你们却都跑掉了……"

跟着脚迹老头子追起那些兔子来，可是兔子们在树林里就好像散开的豆子一般了，老头子十分沮丧，咒骂着机灵的兔子，在岸边坐下休息。

"老太婆，唉，老太婆，我们的皮大衣跑了！"他自言自语地说，"好吧，我先歇一下，然后再去找别的。"

老头子坐在那儿叹息时，忽然看见狐狸在河边爬呀爬的，活像一只猫儿似的。

"哈哈，好家伙！"老头子兴奋起来了，"老太婆皮大衣自己爬来了……看样子，它想喝水，要不就是想捞小鱼。"

此时狐狸果然爬到灰脖鸭游着的冰洞口旁，躺在冰上。

老头子的眼神不好，因此没有看到狐狸后面的野鸭子。

"为了不弄坏皮领子，应该这样开枪打它。"老头子向狐狸瞄准时，心里想："要是领子有了破洞，老太婆会责骂的呀。干什么都得有本领才行，但手里要是没有家伙，连一只臭虫也捏不死。"

老头子久久地瞄准着，因为他要挑选向将来的皮领子开枪的最合适的地方。终于枪声响了，穿过发枪的烟雾，老猎人发现有东西在冰上转动，他迅速地跑到冰洞边去。虽然摔倒了两次，等跑到冰洞边时，什么也没有……皮领子好像未曾有过似的，可是在冰洞里，却意外地游着一只惊慌了的灰脖鸭。

"有意思!"老头子惊叹了一句,摆摆手"第一次看见狐狸变成了鸭子,真是狡猾的家伙,啊!"

"不是的,老公公,狐狸跑了。"灰脖鸭向他说。

"溜掉了?唉,老太婆,你的皮大衣领子溜走啦……我现在应该怎么办才好呢?真倒霉……你,蠢东西,为什么还在这里游呢?"

"老公公,我吗?我的一只翅膀坏了,所以不能跟其他的鸭子一同飞走。"

"唉!你真是蠢东西!在这里会冻死的。要不,也是被狐狸吃掉。而且……"

老头子想了很久,打定了主意说:

"我想这么办:我把你带回家给我的孙儿们。他们一定很开心!到了春天你给老太婆多下几只蛋,孵些小鸭子。就这样吧,好啦,蠢东西!好啦!"

老头子捉起了灰脖鸭,放进怀里抱走了。

"在老太婆跟前,我一句话也不说,"他一边向家里走,一边想着,"让兔子和狐狸再在树林子里逛一些时候吧!最重要的是,孙儿们会很开心的。"

兔子们把这一切都看在眼里,它们快活地笑了。没关系,没有皮大衣的老太婆,在炉炕上也不会被冻死的呀!

老麻雀

一

"主人打什么主意呀。"公鸡第一个注意到了，骄傲地挺起了缎子般的脖子。

"我知道！"老麻雀在白桦树上吱吱地喊着。"喂，聪明的家伙，那么你猜猜看！……不，还是别猜了：反正你是猜不到的。"

对于这些挖苦的话，公鸡假装不懂得。而且为了显示自己看不起这个傲慢的吹牛家，它用力地拍着翅膀，伸直了脖子，把嘴张得大大的，清脆地叫出了它唯一的鸣叫声：喔……喔……喔！

"嘿，真是一个愚蠢的大嗓子……"老麻雀抖动着自己矮小的身体，笑着说，"谁都看得出你是什么也不明白的。吱——吱！"

城外一座小房子里的主人，正在忙着特别的事情。开始，从房子里他拿出了一只有铁盖子的小箱子。接着从杂物间里拿出了一根长长的竹竿，把拿出来的小箱子用钉子钉在竹竿上。一个五六岁大的男孩专心致志地看着他的每一个动作。

"谢辽柴，一件好东西马上就要出现了！"父亲钉最后一颗钉子时说道，"真正的白头翁……"

"爸爸，白头翁在哪儿呢？"孩子问道。

"它自己会飞来的……"

"哈哈，是白头翁棚！"公鸡听到了他们的谈话后，就大喊了一声，"我很早就知道啦！"

"嘿，傻瓜呀，傻瓜呀！"老麻雀嘲笑它说，"这是给我造的房子……喂，快来看，老太婆，给我们造的房子啊！"

雌麻雀比丈夫要谨慎，所以不相信这种话，而且主人们也在讨论白头翁，可见的真是白头翁棚了。可是，它不愿意争论，因为争论是没有用的，难道有人会争得过老麻雀吗？老麻雀翻来覆去地说个没完，雌麻雀不想吵架。当春天的太阳照耀得那么可爱的时候，为什么要吵架呢？春天的溪水到处流着，白桦树上的蓓蕾已经膨胀和发红了；很快就要暴开来了，每个蓓蕾里都会长出一片绿色的小叶子，小叶子是多么的柔软、通透、清香，好像是抹上了一层漆似的。谢天谢地，冬天终于过去了，现在大家又要欢天喜地的开始新的生活了。然而，老麻雀是捣蛋鬼，经常欺侮它的老太婆，可是在这样阳光明媚的春天，家庭里的不愉快也会忘得干干净净。

"我的老太婆，你为什么不吭气？"老麻雀缠住它问着，"我在屋檐下住够了，又暗又透风，总之很不舒服。老实说，很早我就想搬家，可好像总是没有时间。好在主人家猜到了这些……你瞧，马有马房，鸡有鸡棚，狗有狗窝，只有我们在流浪。主人应该也感到问心有愧了，因此才给我建造了这幢小房子……老太婆呀，我们就要过好日子啦！"

整个院子的牲口都被主人的工作吸引住了：马从马房里探出头来观看着，狼狗从狗窝里爬出来观看，甚至整天躺着晒太阳的老母猫华西加也来凑热闹了。大家都关注着事情的发展。

"老骗子，喂！"老麻雀看见了它敌人（老母猫华西加）喊道，"寄生虫也会到这里来？老兄啊，现在你拿我没办法了吧……你去捕捉你的耗子吧，接下来看我怎么在小房子里过日子吧。我不会老是在冰天雪地里用一只脚跳跃，而你却舒舒服服地躺在火炉旁边的呀……"

"是啊，应该是这样……"讨厌老母猫华西加的公鸡也附和，"就算老麻雀是骗子，是捣蛋鬼，是小偷，可它毕竟还没偷走过小鸡雏呀。"

主人做完了他的工作，把竿子举起来，钉在篱笆旁最牢固的柱子上。

白头翁棚做得非常好：木板很结实，顶上是铁的，旁边还有干的桦树枝，可以在树枝上很舒服的休息。一个可以穿过它飞进棚的小圆窗洞旁，也钉了一块木板子，也可以在那上面休息。

"快些，老太婆，准备呀！"老麻雀喊道，"我怕有些脸皮厚的人，会抢夺我们的房子……白头翁就是这样，它会飞来啦。"

"如果主人把我们从那里赶走呢？"雌麻雀点了一点头，"我们如果毁掉自己的老窝，而别人占有了那棚，我们会落得一场空……并且主人说过：棚给白头翁住的。"

"笨东西，嘿，那是主人说着玩的。"

主人从远处欣赏自己的工作，他还没有离开白头翁棚的时候，老麻雀就飞到铁皮屋顶上快活地叫着，然后钻进了小窗洞，尾巴一摇，不见了。

"哈哈，这里可真好！"老麻雀在樱草屑里玩着，出神地想道，"我的老太婆和孩子们都会暖和了……哪一个方向也不会有风吹来，雨也不会洒进来，重要的是这是主人造给我住的。真好……冬天在这里也不会死掉了。"

在白头翁棚最高的顶上，老麻雀快活地抖开了全身的羽毛，向四方眺望了一下，喊道：

"弟兄们，这是我的呀！请到我们新房子来玩玩吧！"

"嘿，你这强盗！"主人骂道，"倒给你钻了进去，坏蛋，你等着看吧，白头翁来了，会给你厉害的……"

小谢辽柴因为一只最普通的麻雀住进了白头翁棚，非常伤心。

"你每天都来看看，"父亲教导他，"我们的白头翁在这几天里可能就要飞来的。"

"你开玩笑，主人！"老麻雀在上面叫喊，"骗不了我的……我们会给白头翁厉害看的。"

二

在白头翁棚中，像一般家禽一样，老麻雀布置好了它的窝。

它从老窝里把一切能够搬的东西和羽毛都搬了来。

"让侄子们去住在那里吧，"老麻雀慷慨地说，"我时刻准备把我最后的所有的都送给亲戚，让它们呆在那里吧，这样它们会时刻想起我这好心肠的老头儿。"

"他也算是大方一回了！"其他的麻雀笑着道，"把自己的地方送给了侄子们……等着，我们倒要看看，当它被从白头翁棚里赶出来时，住到哪儿去？"

这些话显然是出于嫉妒才说的，老麻雀也只是冷笑：让它们说好了。他是一只很有经验的、饱经沧桑的老麻雀……它坐在温暖的窝里时，回忆起了一生中各种失意的事。曾经它钻进烟囱里去取暖，几乎被烧死。曾经它几乎淹死，后来又几乎冻死，还有一次落在老骗子华西加毛茸茸的爪子里，差点儿送掉性命——唉，它遭受的苦难和不幸还少吗？

"是歇息的时候了，"它登上了新房子的房顶，大声地说，"一只有贡献精神的麻雀，应该让那些年轻的麻雀跟我学习学习怎样生活在这世界上。"

不论老麻雀的吹牛是多么可笑，大家对它也已经习惯了，甚至渐渐相信白头翁棚真的是为了老麻雀做的。现在大家只等着白头翁飞来的那个日子，可是那时候，钻到人家窝里去的这个老头儿又该怎么办呢？

"白头翁算什么？"老麻雀出神地想，"那是一种愚笨的禽类，都不知道它为什么要从一个地方飞到另一个地方，公鸡虽然也不聪明，但是它却坐在家，然后可以拿来做汤喝……我的意思是说，至少愚蠢的公鸡还可以做汤，而白头翁呢，飞来以后，像疯子一样转来转去，叫叫……呸！我看了都不舒服。"

"白头翁会唱歌……"非常讨厌听老麻雀这样唠唠叨叨的狼狗提醒了一句，"而你只会偷东西也没什么作用。"

"唱歌？那也可以叫唱歌？"老麻雀惊讶地说，"哈哈！笑死我了，不，对不起，我知道自己称赞自己是不好的，不过我不得不说，如果真的唱，那么也应该是我唱得最好……是的！我经常唱歌，从早到晚地唱，我唱了一辈子……你们听：吱吱吱！怎么样，不错吧！大家都爱听我唱歌……"

"算了吧，吹牛大王！"

白头翁棚是极好的住所。主要的好处是从上面看下面很方便。只要给母鸡拿来鸡食，老麻雀都会比大家更早地赶到，它不仅自己吃了个饱，还给雌麻雀带去些谷粒。当狼狗从狗窝里走出去后，它甚至还从狼狗那里偷东西。永远都是这样。它在母鸡两脚间钻来钻去，还钻到马槽里去，甚至不止一次地钻到主人房间里去，总而言之，老麻雀的厚脸和好吃是无人可比的。不但如此，它还会到院子里去，从那儿也抢东西。它四处乱钻，各处都有它踪迹，可是它谁也不理睬。

三月来了。天气温暖而晴朗，到处的白雪都因温暖而发黑了，沉落了，浸满了水，也变得那么松软，就好像给蛆虫啃食了似的。因为充满了树液而膨胀，白桦上的树枝也变红了。

春天很快地来了。有的时候温暖的微风吹拂着，连老麻雀也暂时轻松了不少，这样的时光真是太美妙了。

小谢辽柴一睡醒，就马上爬上窗去看白头翁是否飞来了。日子一天天地过去了，白头翁终究没有来。

"爸爸，那只麻雀老是住在白头翁棚。"谢辽柴向父亲抱怨道。

"等着吧，它会被赶走的。我看见白嘴鸦昨天飞来了，可见我们的白头翁也快了。"

是呀，黑色的斑鸠撒满了隔壁地主的花园，像一张活的网，这些是春天里的第一拨客人，它们是从温暖的、遥远的南方飞来的。它们的噪声很大，隔几条街都听得见，简直像集市一样热闹了。它们呱呱地叫着，飞着，望着旧窠，无休无止。

"喂，老太婆，要沉得住气呀！"晚上老麻雀对雌麻雀低声说着。"明天清晨，白头翁会飞来……我要给它们点颜色瞧瞧，人不犯我，我不犯人，井水不犯河水！"

一整夜老麻雀都没有睡觉，他老是张望着，可是什么特别的事都没有发生。

黎明前，一群燕雀飞来了。它们是温顺的鸟儿，在白桦树上停了一阵，又向前飞走了。它们匆匆忙忙地进森林里去。后面又出现了一些鹡鸰，它们是更温顺的鸟儿，它们在路上慢慢走着，摇动着尾巴，从不触犯任何人。它们都是森林里的鸟，老麻雀非常高兴看见它们。同时老麻雀也看见了一些去年的老朋友。

"飞得很远吗，老兄？"

"很远呀！……这儿冬天非常冷吗？"

"对啊，冷极了！"

"好，再见了，我们没有空。好麻雀！"

早晨是寒冷的，可是白头翁棚里却是暖和的，雌麻雀睡得很香。

老麻雀刚要打盹儿，眼睛还没有闭上，第一群白头翁飞来了。天空里发出啸声来，说明它们飞得很快。它们围着白头翁棚喊着，这让老麻雀也害怕起来。

"喂，你，快出来！"白头翁把头伸进小窗来喊道，"喂，喂，就是你，快些滚出去呀！"

"你是谁呀？我是这里的主人，你凭什么让我滚？快滚远些，你要知道我是不喜欢开玩笑的……"

"你还唠叨？不要脸的家伙！"

之后发生了很可怕的事情：侦察员白头翁进了鸟棚，用它像锥子一般长长的喙夹住了雌麻雀的脖子，然后把它推出了窗子。

"救命呀，老天爷！"老麻雀躲到角落里拼命地喊起来，同时也拼命地抵抗着，"有人抢东西了……老天爷，救命呀，唉哟，杀死人了……"

无论它怎么挣扎，怎么斗争，怎样叫喊，到最后还是被推出了白头翁棚，下场是可耻的。

三

接下来是一个可怕的清晨。老麻雀起初甚至不能想象到底发生了什么事……不，不管怎么样老麻雀也不能谅解白头翁！但这一点却是事实：他钻进了人家的白头翁棚，哼，最后就被赶了出来——就是这么回事。如果老麻雀长的不是小嘴，而是白头翁那样像锥子一样的嘴，那就会把它们都赶走了。主要的是老麻雀感觉太丢脸了……是的，你吹了一番，喊了一阵，讲了许多大话，最后却是被赶出来的下场，这才丢脸，多丢脸呀，唉呀！

"白头翁被吓到了吗？"公鸡从院子里向它叫喊，"最后我给人家煮汤吃了，至少我现在有自己的窝，但你有什么，只能用一只脚跳。你活该！该死的吹牛家……"

"你高兴什么呀？"老麻雀大骂道，"我告诉你，是我自己愿意放弃白头翁棚的，它给我住有些太大了，而且缝子里还透风。"

可怜的悲惨的麻雀婆坐在屋顶上，这让老麻雀非常地生气了。它飞到麻雀婆身边，使劲地啄它的头。

"你坐这儿干吗？你就只会丢我的脸。我们去把旧的巢要回来，事情不就完了吗。我还要跟白头翁它们算账的……"

可是无论如何住在巢里的侄儿们都不肯把巢交还给它们，发出了喧哗声，叫喊声，就像人在吵架一样，结果老叔叔被它们赶了出来。

它们比白头翁更可恶：自己的亲戚也抓着脖子往外赶！想想我为它们费了多少心呀！瞧，还用得着做好事吗？做好事却落得如此下场……

无缘无故地打了麻雀婆，又失掉了巢，老麻雀只能带着家眷留在屋顶上，假如这时飞来一只老鹰，一定会把它们吃掉。

老麻雀悲伤了，它坐在屋顶休息，沉重地叹着气。他感慨道：唉，规规矩矩的鸟是很难生活在世界上的！

"现在要怎样过活呢？"麻雀婆流着泪反复地说，"大家都有巢……我也很快就要生孩子了，却要这样在屋顶上待下去。"

"不要着急，老太婆，我会安顿好的。"

可是更大的耻辱还在后面：小谢辽柴跑到院子里来。他为白头翁飞到来而快活地拍着小手，并且百看不厌地望着它们。父亲也高兴着说：

"它们多美丽，你瞧，仿佛是缎子做的一般。你听，唱得多好听！真是快乐的鸟儿……"

"爸爸！本来住在白头翁棚里的那只麻雀到哪里去了呢！我看到了，它坐在屋顶上，竖着羽毛多么滑稽！"

"羽毛总是乱蓬蓬的。老家伙，怎么，你不开心吗？"父亲对麻雀说"嗯，这是给你今后的教训：不要钻到不属于你的地方去。白头翁棚不是为你而造的。"然后他笑了起来。

就连母鸡也嘲笑起吹牛的老麻雀来了。唉，这倒霉的老麻雀……它非常悲哀甚至哭了起来，后来清醒了，也恢复了勇气。

"你们笑什么呢？"它骄傲地问大伙儿，"有什么好笑的？我的确是犯了错误，但总比你们要好些……至少我是自由的鸟。是呀……我想到哪儿生活就到哪儿生活，我是不会向人们叩头的。如果主人不给你们东西吃，不给你们东西喝，你们能活吗？你、狼狗就会饿死，还有你、愚笨的公鸡，还有马，还有牛都一样。可是我自己养活自己，这就是我……只要给我期限，现在我就可以改正我的错误……想想有时我在院子里、在你们旁边收集谷粒，那都是我的劳动成果。谁挖掘蛆虫？谁捕捉蚊虫？谁寻找毛虫和各种甲虫？那都是我呀，我……"

"我们当然知道你是怎样寻找蛆虫的，"公鸡对白头翁挤挤眼，"看到主人在菜园里种豆子、掘畦的时候，你们就都飞来了。把东西都翻过来，结果把豌豆和扁豆都吃掉。麻雀，你承认吧，你们就是靠偷盗生活的。"

"我？靠偷盗？"老麻雀生气了，"我是人类最好的朋友……我们总是在一起，就像别的好朋友那样：他们在哪里，我也在哪里。而且我是很正直无私的朋友。难道主人曾经投给我一把燕麦吗？我不需要……当然，令我气愤的是飞来了这些轻佻家伙的时候，你们大家就表示出各种尊敬的样子。完全不公平嘛……你们什么也不懂，因为你们之中有的一辈子被架在车辕上，有的被链子锁着，有的住在笼里……我是自由的鸟，我按自己的心愿做事。"

对于它的朋友——人的奸诈，老麻雀非常气愤，说了许多坏话。可是后来他忽然不见了……老麻雀不见了，一天、两天、三天还是没回来。

一个星期后。有一天早晨，老麻雀又停在屋顶上——那么快乐和满足。

"弟兄们，我又来了，"它装出骄傲的神态吱吱地说，"你们都好吗？"

"哟，小老头儿，你还活着呀？"

"谢天谢地……我有了新房子。很好的房子……那是主人替我盖的。"

"又在骗人吧？"

"哈哈，要不要我把房子指给你们看呢？不，你们在胡闹，现在你们不相信我了……再见吧！"

老麻雀没有骗人，它真的有房子了。在菜园的田畦里有一个破的稻草人，在杆子上挂着破衣服，头上戴着一项旧帽子，老麻雀就把巢做在了帽子里。这里是谁也不会和它争的，因为谁见了可怕的稻草人都会躲开。

可是结局却是非常悲惨的。

后来麻雀婆生了一窝小麻雀，这时刮了一阵旋风，把帽子连同麻雀窠都给刮掉了。这时正好老麻雀有事飞出去了，当它回家时，只看到了死伤满地的小麻雀和伤心得要命的麻雀婆。不过此后麻雀婆也没有活多久。它不吃东西，愁眉不展，整天一动不动地坐在树枝上。就这样忧郁死了……老麻雀非常怀念它，哭泣得是多么伤心呀……

深秋到了，所有的候鸟都飞到温暖的南方去了，老麻雀再次搬进了空荡荡的白头翁棚。它十分难受，几乎完全不像以前那样吱吱喳喳了。初雪后，小谢辽柴带着小雪橇到院子里来，在白得耀眼的雪地上第一眼就看到了老麻雀的尸体。老麻雀可怜地冻死了。

"它真可怜呀，"公鸡嘟哝说，"我感觉生活好像缺少了什么似的……老麻雀以前老是吱吱喳喳地喊着，到处转来转去，什么都要管管！现在院子里没有老麻雀简直沉闷死了。"

高罗赫皇帝和他的两个美丽的女儿

开场白

　　给老头儿老太太说故事，是为了给他们点乐趣。给年轻人说故事，是为了使他们得到经验。给孩子说故事，是为了让他们听话开心。在故事里不能把话省掉，过去的事都如过眼云烟了。吊眼梢的兔子跑过去时，用长耳朵听着了；羽毛发亮的鸟儿飞过去时，用炯炯有神的眼睛看见了……葱葱郁郁的森林嗡嗡地响着；天蓝色小花茂盛的小草，铺成一条柔软的地毯；山石高耸入云；急流从山流下；小船在广阔的大海中航行；一位强壮的俄罗斯勇士骑骏马在森林中穿行。他一路不停地走着，目的是去寻找能开锁破闩的仙草，这草能为勇士打开幸福的大门。勇士走到一个三岔路口。往哪条路上走好呢？一段短粗的橡木横在第一条路上；一个白桦树墩立在第二条路上；一只小小的萤火虫爬在第三条路上。勇士没法向前走了。

　　“喂！魔鬼快走开！别碰我！”他大喊一声，声音大得好像能传遍整个森林。

　　勇士这一叫，一只猫头鹰哈哈大笑着从白桦树的树洞里飞了出来，接着又是一段槲木变成一个凶恶的女妖，也跟在猫头鹰后面飞去，最后是一群黑乌鸦在勇士的头上发出鸣叫声……

　　“别碰我！喂！”

忽然，寂静了，消失了，什么都不见了，道路上只留下那只萤火虫，活像是一颗宝石丢在路上似的。

"一直向前走！"泥潭里一只青蛙喊道，"走吧，千万别回头，否则，就得倒霉……"

勇士骑马一直向前走去，接着前面出现了一块林中草地，草地上开满了大红的花朵。草地那一面，有一个像镜子一样闪闪发光的湖，一群有鱼尾巴、绿发披肩的女妖在湖水里游来游去。她们发出少女般甜美的笑声，和勇士开玩笑说：

"我们这儿有开锁破闩的仙草！勇士！你的幸福在我们手里……"

强壮的勇士陷入了沉思，他勒住骏马。然而，孩子们，我在给你们说什么呀？这只是开场白，故事还在后边哩。

一

从前，有个名望很高的高罗赫皇帝，他住在光荣的高罗赫国里。他年轻的时候，特别喜欢找快乐。可以说是白天黑夜地找快乐，好多人也都跟着他找快乐。

"瞧！我们的皇帝多善良仁慈啊！"大家都说。

高罗赫皇帝听了这些话，摸着胡子，心里非常快乐。他特别喜欢别人赞扬他。

高罗赫皇帝爱跟邻国的或别的有名望的皇帝打仗。他没事干时，就说：

"咱们要不要去进攻潘切列国？这国的皇帝，上了年龄后，就变得目中无人、自高自大起来了，得教训教训他才行。"

高罗赫皇帝军队很多，又有极好的将军，所以他们全乐意打仗。说不定什么时候把自己人给打了，可还是喜欢打仗。高罗赫皇帝总是很走运，每次打仗后，都会带回各式各样的金银财宝——有宝石，有金币，有绸缎，甚至还有俘虏。他什么也不嫌，不论遇到什么东西，他都当作贡品：有面粉，把面粉送给我吧，到家里能用得着；有母牛——把母牛给我吧！回家挤牛奶；有皮靴——把皮靴也给我吧！到家里能穿上；有黄油——把黄油也送给我吧，好往粥里放。就连树皮编的带子和桦条帚他都不放过。别人的东西总是好的，他甚至觉得洗蒸气浴时，用别人的桦条帚抽打，比用自己的出汗出得多。

所有皇帝都羡慕高罗赫皇帝，主要是羡慕他那愉快的性格。曾经大胡子拖到膝盖的潘切列皇帝当众说：

"高罗赫皇帝的性格特别愉快，所以他的生活过得特别好。如果谁能让我也这样快乐，我愿意把我的胡子的一半给他。"

但是，世界上是没有，百分之百幸福的人。每人都有点愁事儿。不管是臣民，还是将军、贵族，都不知道快乐的高罗赫皇帝也有的烦心事儿，而且还不只一件呢！只有高罗赫皇帝的妻子——潘切列皇帝的亲妹妹鲁科芙娜皇后明白这件事。皇帝和皇后努力瞒着所有的人，不让别人知道，免得被老百姓笑话。他们的第一件愁事儿，就是高罗赫皇帝的右手上有六个指头，这是天生的，从高罗赫皇帝小的时候起，就瞒着所有的人，所以高罗赫皇帝右手总是戴着手套。当然，六个手指头，还是一件小事，六个手指头也可以生活。更糟糕的是，由于高罗赫皇帝有这第六个手指头，他就总不知满足。他曾亲口向鲁科芙娜皇后坦白地说：

"我恨不得让世上的所有的东西都归我一个人所有……我的手长成这个样子，难道是我的错吗？"

"唉，现在人家既然给你，那你就拿吧，"鲁科芙娜皇后安慰他道，"这不是你的错。如果别人不愿意好好给你，那就可以用暴力抢过来。"

鲁科芙娜皇后不论在任何时候，遇到任何事情都支持光荣的高罗赫皇帝。将军们也不反对，因为他们认为，打仗抢别人的黄油和稀饭，全是为了名誉。于是谁也想不到，光荣的高罗赫皇帝居然有六个手指头，而且他贪得无厌得甚至想抢走潘切列皇帝的大胡子。潘切列皇帝也是一位有名望的皇帝。

二

高罗赫皇帝的第二件揪心事儿，好像比第一件更让他揪心一些。事情是这样子：高罗赫皇帝先有了个儿子——勇敢而英俊的鹰王子；后来又生下了美貌如花的珂塔菲娅公主；而第三个孩子却是极小极小的豌豆公主。她到底有多小呢？她住在鲁科芙娜皇后以前用来装耳环的小盒子里，她的小就可想而知了吧。除了父母之外，谁也不知道她的存在。

"我们拿她怎么办呢，皇后？"高罗赫皇帝常常焦急地问鲁科芙娜皇后，"所有的人一生下来都像个人样，为什么咱们的女儿却跟豌豆一样大……"

"我有什么办法呢！就这样让她活下去吧……"皇后难过地回答。

鹰王子和美丽的珂塔菲娅公主都不知道，他们有个妹妹。而皇后对豌豆的爱远远超过了那两个孩子，因为她觉得那两个孩子还会有别人去爱他们，而豌豆只有父母爱。

豌豆公主渐渐长大了，可是身体还是豌豆那么大，她的性格跟她父亲一样愉快。不愿意总待在小盒子里，她想和别的孩子一样常常玩一会儿，跑一会儿，淘淘气。每次鲁科芙娜皇后把房门锁起，打开小盒子，豌豆公主就跳到桌上，开心地玩耍。桌子对她来说，像是一大片原野，她在那上面跑来跑去，就像别的孩子在真正的旷野里奔跑一样。母亲伸出一只手，豌豆公主便攀登到手上。她喜欢捉迷藏，有时母亲完全找不着她，每次母亲连动也不敢动一下，因为她怕不幸把宝贝孩子给压死。高罗赫皇帝来和豌豆公主玩时，豌豆公主特别喜欢藏在他的胡子里，就像在树林里捉迷藏一样。

"哎呀！她好有意思！"高罗赫皇帝摇了摇头，开心地说。

豌豆小公主也感到惊奇。周围的一切都好大呀！爸爸、妈妈和屋子、家里的所有东西都那么大！有一次，她爬上了窗台，当一只狗在外面跑过的时候，她差点被吓死。豌豆公主尖声大喊起来，赶紧躲在一个顶针里，她的父亲费了好大功夫才找到她。

最麻烦的，是豌豆公主渐渐长大了，她对事物越来越好奇。这个，她也要求给她瞧瞧；那个，她也要求给她看看……小的时候，她还喜欢跟蟑螂和苍蝇一起玩。还有她的玩具全是高罗赫皇帝亲自为她做的——有什么办法呢！尽管是个皇帝，还得给他这个特殊的女儿制造玩具。他在这方面练就了一门好手艺，他给豌豆公主做的玩具，全国再也找不出其他人会做。更奇怪的是，蟑螂和苍蝇也喜欢这个可爱的小公主，甚至她常常骑在它们背上，就像人骑马似的。当然，伤脑筋的事来了。有一次，豌豆公主再三要求母亲领她到花园里去玩。

"我只瞧一眼，好妈妈，花园是什么样子的。"豌豆公主再三地请求着，"我不弄断，也不弄坏……"

"唉！我拿她怎么办呢？"鲁科芙娜皇后无可奈何地说。

最后，她们还是到花园去了。高罗赫皇帝站在那儿看着，防止有人看见豌豆公主，皇后走在花园的小路上，把女儿放出来。豌豆公主非常的高兴，她在小沙滩上玩了半天，还爬进风铃草的小铃铛里去躲着。然而当豌豆公主钻进草丛里去时，那里面居然蹲着一只肥胖的老蛤蟆，它看到了小公主，立刻张开大嘴，几乎把小公主像吞下一只苍蝇一样吞到肚里。幸亏高罗赫皇帝及时赶到，踩死了蛤蟆。

三

高罗赫皇帝一家就像这样平平安安地生活着。大家都认为，他会永远快活，结果往往是出人意料的。豌豆公主出世后，他开始很快地变老。人们明显地可以看见高罗赫皇帝越来越老。他的脸又黄又瘦，眼睛也深陷了，手开始颤抖，他也不像以前那样快活了。高罗赫皇帝变了，他变得垂头丧气，这使全国人民都垂头丧气。有更加让人垂头丧气的原因：年老的高罗赫皇帝变成了一个多疑的人，他谁也不相信了，他疑心别人背叛他。甚至包括他曾经最宠爱的将军和贵族。

"我谁也不信任！"高罗赫皇帝当他臣下的面，非常不客气地对他们说："你们只要有机会，就会背叛我。你们一定在我背后讥笑我……你们最好不要解释了。这我全知道！"

"尊敬的高罗赫皇帝，不是这样的，您可别这么想！"将军们和贵族苦苦哀求道，"我们一点坏念头也没有，尊敬的高罗赫皇帝！我们爱您，尊敬您，为了您，我们甚至愿意献出自己的生命。"

"我明白，明白。没有过错的人为什么要替自己辩白呢。你们都在盼我死。"

所有的人都开始怕他了。他曾经是那样一位愉快的皇帝，现在却好像完全变了一个人，变得让人不认识了。高罗赫皇帝还变得吝啬了。他成天只知道坐在那儿算账，算客人喝掉、吃掉他多少钱；另外他又收到多少各式各样的礼物。老头儿非常难过，因为这么多钱财都被挥霍掉了，他心疼呀。高罗赫皇帝开始压榨所有的人，他看重每一分钱，甚至每天早上在厨房里，看着厨师为他炖菜汤，他是在提防厨师们偷吃。

"你们全是小偷！"高罗赫皇帝怒斥他的厨师们说，"我不看着，你们就会把沙锅里的牛肉偷出去，只给我留下稀汤。"

"尊敬的皇帝陛下，你可别这么说！"厨师们跪在高罗赫皇帝的脚下，痛哭流涕地说，"我们怎么敢偷你的牛肉呢……"

"我明白，明白。在这个国家，到处都有小偷。"

最后，事情居然发展到皇帝下令，切面包时要有他在场，他要亲自数切了多少片；甚至他亲自挤牛奶，因为怕不诚实的仆人们偷喝。所有的人日子都开始不好过，连鲁科芙娜皇后也在挨饿。她饿，却不敢向皇帝要一小块面包片吃。可怜的皇后也日见消瘦，只有一件事令她感到高兴，那就是她心爱的女儿豌豆非常容易被喂饱。只吃一点面包屑，豌豆就饱了……

"谁把皇帝变坏了！"大家都这样想，"一定是有人用魔法把皇帝变成这样了，没有别的原因。需要用多长时间呢？咱们的皇帝以前多快乐，多好！……"

高罗赫皇帝变得一天比一天坏，一天比一天凶残。他开始抓人，把有些人关进大牢，把有些人直接处死。皇家警察署长们冷酷无情地在全国到处搜寻，抓住人就立刻处死。为了让高罗赫皇帝更满意，他们总是挑最有钱的人抓，好把他们的财产填进皇家金库。

"怎么出现这样多的坏人呢！"高罗赫皇帝难过地说，"他们偷走了我多少东西……我太大意了，怎么早没有看出来。要是再多偷一些，我就饿死了……"

四

高罗赫皇帝越来越坏，老百姓一直在寻找使他变坏的原因。他们找呀，找呀，终于被他们找到了：原来是皇帝的亲闺女——美丽的珂塔菲娅。是的，就是珂塔菲娅！有一群人一口咬定，他们亲眼看到过她摇身一变，变成一只天鹅，然后从皇宫里飞了出来；还有更恶毒的说法，说她可以变成一只老鼠，在城里跑来跑去，偷听有谁谈论皇帝，议论些什么。他们认为，高罗赫国的一切灾难，都是由她引起的。更重要的是——高罗赫皇帝只爱珂塔菲娅公主一人。他赶走了所有的厨师，把大师傅也绞死在厨房前，只由珂塔菲娅公主独自负责他的饭。现在高罗赫皇帝只信任她一个人。

"现在我们怎么办？"人们焦虑地说，"敌人都太厉害！美丽的珂塔菲娅公主会催毁整个国家的。难道我们无法逃避魔法？"

还有大家认为最后一线的希望：珂塔菲娅公主的美貌早已传遍各地，年轻人从四面八方到高罗赫皇帝这儿来求亲，只可惜，她拒绝了所有的人，她不满意所有的求亲者。但是，总有一天，她会腻烦当姑娘，等她离开家了，大家就可以舒坦了。人们不断地思考，议论，判断，可是，美丽的珂塔菲娅公主却不愿意考虑求婚者的事。来的最后一个求亲者，是个少见的勇士和美男子，也是年轻的柯萨尔国王，毫无例外的他也遭到了拒绝，然而这次是高罗赫皇帝当面拒绝他的。

"你的王国太小了，柯萨尔国王，"高罗赫皇帝摸着胡子说，"你拿什么养活妻子呢？你自己只能勉强填饱肚皮。"

闷闷不乐的柯萨尔国王飞身上马，临行前告诉高罗赫皇帝：

"小王国里能长出大东西，大王国里却什么也留不下。请猜猜，这话的意思？"

高罗赫皇帝听了他的话，只是笑笑，心想：乳臭未干的小子，你太年轻啦！

父亲没问美丽的珂塔菲娅公主，她是否喜欢这个求婚者。因为他认为选女婿不是姑娘家的事情，父母更清楚，应该把自己的孩子嫁给谁。

在闺房里的珂塔菲娅公主看见了柯萨尔国王的离去，她伤心地哭了。她对英俊的国王很满意，但是她说了不算，又有什么办法呢？鲁科芙娜皇后可怜女儿，也哭了一场，可是在皇帝跟前，她也不敢说个不字呀！

在高罗赫皇帝还没搞清楚状况的时候，柯萨尔国王已经开始解说他的谜了。首先，他出兵去打潘切列皇帝，得到了几个城，打死了无数老百姓。潘切列皇帝被吓怕了，来向高罗赫皇帝求救。虽然他们以前争吵过，甚至还打过仗，但是在这危难的时刻顾不得算老账了。然而，高罗赫皇帝又高傲自负起来，他拒绝了潘切列皇帝的请求。

"你想怎么治理国家，就怎么治理吧！与我有什么关系！"他告诉潘切列皇帝的使者，"每一个人都感觉自己的衬衫离身体近一些。"

不到半年的时间，潘切列皇帝亲自来了。他的王国被柯萨尔国王侵占了。他除了下巴上的大胡子外，什么也没有了。

"你真的做错了，"他责备高罗赫皇帝说，"我们两个人本来是可以战胜他的。现在他战胜了我，把我洗劫一空，他很容易就会打败你，把你也洗劫一空的。"

"这我们等着瞧吧，那个柯萨尔只不过是个乳臭未干的小子……"

五

柯萨尔国王占领了潘切列的王国后，派遣使者去向高罗赫皇帝说：

"把美丽的珂塔菲娅公主嫁给我们勇敢无畏的柯萨尔国王吧！否则，你的遭遇将和潘切列皇帝一样。"

高罗赫皇帝非常生气，下令处死使者，并送给柯萨尔国王一只砍掉尾巴的狗。意思说：这才配得上你。

柯萨尔国王立刻勃然大怒，他立刻出兵攻打高罗赫的国家。他奋勇向前，杀死老百姓像用镰刀割草似的。他放火烧掉无数座城市，打死无数老百姓，高罗赫皇帝派去抵挡的将军们，也都被俘虏了。最后柯萨尔国王已经兵临城下了，把首都团团围了起来，封锁了所有道路，然后又派了使者。

"把美丽的珂塔菲娅公主——你的女儿嫁给我们英勇无畏的柯萨尔国王吧！"使者们说，"你处死了前一次派来的使者，你当然也可以处死我们。反正我们也都是些没有自由的人。"

"我宁可死，也不把女儿嫁给你们国王！"高罗赫皇帝回答，"如果他办得到的话，让他自己来娶吧……要知道，我决不是潘切列皇帝那样无能。"

高罗赫皇帝本想把这批使者也处死的，可是美丽的珂塔菲娅公主出面替他们求情。她扑到严厉的父亲脚下，放声大哭，说：

"父亲，你下令处死我吧！这些人是无辜的……只要别砍别人的头，你可以砍掉我的头。为了我这可怜的人，有多少人在白白地牺牲流血……"

"你竟然这样说，好极了……"高罗赫皇帝生气地回答，"你认为我还比不上那些使者吗？我的好闺女，谢谢你……你是想嫁给柯萨尔国王吧？告诉你，那一天你是见不到的！就是把这个国家都毁掉，我也不能把你嫁给柯萨尔……"

　　高罗赫皇帝不仅对爱女大发脾气，还下令将她关押在一座很高很高的高塔里。在那里还有别人在受苦，而且柯萨尔派来的使者就关在高塔的地牢里边。老百姓知道这件事之后，成群结队来骂可怜的公主。

　　"把柯萨尔国王占领的土地还给我们！"由于灾难，人们丧失了理智，从下面向她喊道，"把柯萨尔国王打死的那些人还给我们吧！都是因为你，我们也要饿死了，人都要死光了……他以前不是这样的，是你把你父亲变坏了。"

　　当珂塔菲娅公主听到这种话的时候，她非常害怕。如果现在她从塔里走出去的话，人们一定会把她撕成碎片。可是她有什么罪呢？她对谁干过什么坏事？现在她的亲父亲也憎恨她。公主感到既委屈又痛苦，她难过地哭着，日日夜夜地哭着。

　　"为什么我要长得这样美呢？"她掰着两只手哭道，"我还不如天生又瘸又驼背，是个丑八怪呢……现在所有的人都讨厌我。唉！父亲您还不如杀了我呢！"

　　这时开始闹饥荒。饥饿的人群聚集到高塔前，高声喊道：

　　"美丽的珂塔菲娅公主！你就给我们一点面包吧！我们都要饿死了。就算你不可怜我们，那也可怜可怜我们的孩子吧！"

六

　　只有母亲一个人可怜珂塔菲娅公主。因为她知道女儿是被误会的。可怜的老皇后鲁科芙娜把两只眼睛都哭瞎了，可是仍然一句话也不敢对丈夫说。就算是哭，也是背着别人悄悄地哭，因为她害怕有人会去告诉皇帝。只有豌豆公主一个人看到了母亲的悲哀。她非常心疼母亲——都已经这么大年岁了，还这么难过地哭。

　　"告诉我，妈妈，你哭什么呢？"她经常问，"你告诉我吧，我去求父亲，他什么都能办到的。'"

"唉，豌豆！你太小，什么都不懂！"

鲁科芙娜皇后也不知道，豌豆知道的事，比她所想象的要多许多。因为她不是个普普通通的孩子。豌豆可以看见花儿的微笑，能懂得苍蝇的话。当她长到十七岁的时候，发生一件极不平凡的事，她没有告诉任何人这件事。豌豆想变成老鼠、苍蝇或小鸟时，她就能变成。多么有趣呀。豌豆经常趁母亲睡着的时候，变成一只苍蝇，从窗户飞出去，她飞遍了整个城市，什么都看了个明白。父亲把珂塔菲娅关进高塔里后，豌豆也跑去看过她。那时珂塔菲娅公主正呆呆地坐在窗前，哭得伤心极了。豌豆飞到她身旁，嗡嗡叫了一阵，接着说道：

"别这么难过，姐姐，早上作决定比晚上好些……"

这可吓坏了珂塔菲娅公主。因为没有人能获得允许到她身边，怎么会有人在说话呢？

"是我呀，我是豌豆，你的小妹妹。"

"我根本没有妹妹呀……"

豌豆把一切都告诉她了，姊妹俩很开心。只有一件事使珂塔菲娅公主不安：怎么豌豆能变成苍蝇呢？难道她就是个女巫，可是一切女巫都是凶恶的。

"不，我不是女巫，"豌豆冤屈地解释道，"只不过有人对我实施了魔法，在我身上发过誓言，可是没有人知道，究竟发过什么誓。我不得不做一件事情，才能变成正常的姑娘，可是究竟要做一件什么事情，我就又不知道了。"

珂塔菲娅把自己的悲伤都讲给豌豆听了：她心疼父亲，她又恨自己，因为现在整个高罗赫国都在为了她受折磨。可是，柯萨尔国王非娶她不可，这难道是她的错？甚至他连一次都没看见过她。

"那你喜欢他吗，姐姐？"调皮的豌豆问道。

美丽的珂塔菲娅公主害羞地垂下眼皮，涨红了脸。

"以前喜欢……"她不好意思地小声说道，"可是现在不喜欢了。他太凶残了……"

"好吧。我明白了。你要记住：早上作决定比晚上好些……"

七

现在高罗赫帝国上下一片慌乱。首先是因为鹰王子被柯萨尔国王俘虏了；接着是因为珂塔菲娅公主从高塔里消失了。早晨，当狱吏们打开牢房的门时，他们连公主的影儿也看不见了。使她们更吃惊的是另一位姑娘静静地坐在窗前，她坐在那儿一动也不动。

"你是怎么进来的？"狱吏们惊愕地说。

"就这样进来的，我一来就坐在这儿了。"

这是个丑姑娘，她驼背，满脸麻子，身上穿的也是补丁的破衣服。狱吏们全被惊呆了，说：

"可恶的人，你干的什么事儿呀？你要知道，你的这种行为，会把我们全都害死的。"

狱吏们跑回皇宫，把事情全都禀报了高罗赫皇帝。皇帝赶紧亲自跑到高塔里来看——他跑得太快了，以至于把帽子都给丢了。

"开开恩吧，皇帝陛下！"狱吏们跪下苦苦地哀求着，"我们没有罪，你开开恩吧。一定是珂塔菲娅公主对我们这些可怜的人开了个玩笑……"

高罗赫皇帝仔细看了一下坐在窗口的满不在乎的麻子姑娘，他非常的吃惊。

"你是从哪儿来的？"他严厉地问道。

"就这么来的呀……我来的那个地方什么都没有了。"

高罗赫皇帝非常奇怪，怎么麻子姑娘敢这么大胆回答他的话，难道一点也不怕他。

"来，"他惊讶地说，"你转过身去……"

姑娘站起来，大家都看得出她是个瘸子，也看清楚她身上穿的那件破衣裳是补丁摞补丁。高罗赫皇帝心中暗暗想道："这样一个人，都不值得处死。"

狱吏们都目瞪口呆地望着她。

"你叫什么名字？"高罗赫皇帝问道。

"你想怎么叫，就怎么叫吧，别人叫我赤脚姑娘。"

"你不怕我吗？"

"我怕你干什么呢？你这么善良仁慈，所有的人都这么说：高罗赫皇帝是仁慈善良的！"

高罗赫皇帝一辈子看见过许多各种各样神奇的事，这样的怪事儿却是第一次。这个奇怪的姑娘居然敢当面嘲笑他。高罗赫皇帝陷入了深思，他连午饭都没有回家去吃，而是亲自留在高塔里守着她。而狱吏们被带上镣铐，关在另一所监狱里了。既然他们让公主逃了，那就自己去蹲大牢吧……

"去告诉鲁科芙娜皇后，让她派人给我送稀饭和菜汤来……"高罗赫皇帝说，"我要亲自看守。这事情有点奇怪……"

这时鲁科芙娜皇后在皇宫里正痛不欲生。眼泪像河水一样不停地流着。她很伤心，因为儿子被凶狠的柯萨尔国王俘虏了；美丽的珂塔菲娅公主不见了；现在就连豌豆公主也不知哪儿去了。皇后把整间屋子都找遍了，可是哪儿也找不到她。

"她会不会是被老鼠咬死了？要不，就是被麻雀吃掉了。"鲁科芙娜皇后这样想着，哭得更加伤心了。

八

灾难降临在高罗赫皇帝的首都里，人们又是哭泣，又是呻吟，凶狠的柯萨尔国王却在他的宿营地快活着。高罗赫皇帝越倒霉，凶狠的柯萨尔国王就越开心。每天清晨，柯萨尔国王都写一封信，挽在一支箭上，射进城里。他的最后一封信这样写道：

"你好，光荣的高罗赫皇帝，你剩下的下酒菜应该不多了吧——到我这里来吧，我可以养活你。好歹我还给潘切列皇帝留下一把大胡子。而你，连这样一把大胡子都没有，我为你准备好了，留下把树皮纤维做的擦子。"

坐在高塔里的高罗赫皇帝，读着柯萨尔国王的来信，非常恼恨。

逃难到首都来的老百姓，都饿极了。有些人就直接饿死在大街上了。现在没人怕高罗赫皇帝了——反正横竖也是个死。饥肠辘辘的人群直接来到闭门的高塔前，破口大骂：

"老巫师在守着他们的巫婆女儿！我们应该把他们都处死，再让风吹走他的骨灰。喂！你还是趁早出来吧，高罗赫！"

高罗赫皇帝听了这些话，伤心得只是哭。曾经他为什么那样压迫、怀疑所有的人呢？以前他善良仁慈的时候，一切不是很好的吗。做一个善良仁慈的人，多好呀。高罗赫皇帝明白了应该怎样做人，只可惜太晚了。这时，麻子姑娘坐在窗前唱道：

> 从前有个光荣的高罗赫皇帝，
>
> 他在世界上强大无敌……
>
> 他为什么那样强大？
>
> 只因为他愿一切人都幸福安宁。

"对，对……"此时高罗赫皇帝痛哭流涕。

后来，麻子姑娘对他说：

"光荣的高罗赫皇帝，告诉你吧！……不是你把我拘禁在高塔里，而是我拘禁了你。好啦，明白了吗？够了……你在这儿也没用了。回家去吧！鲁科芙娜皇后很想念你。记住你回到家里后，就立刻准备出发吧！明白了吗？我去接你们……"

"我要怎么走呢？在路上会被打死的。"

"喏，我给你一张通行证……谁也不会打死你的。"

这时姑娘从她的破衣服上扯下一块补丁，递给焦急的高罗赫皇帝。很神奇，高罗赫皇帝大摇大摆地走到宫里，居然谁也没有认出他来，就连宫廷里的侍卫也不认识他了，甚至他们不放他进去。

当高罗赫皇帝想发脾气，马上把所有的侍卫都处死时，他及时想起，他还是要当仁慈善良的人，因为那样有利得多，他忍住了气，向侍卫说：

"我只是想见见鲁科芙娜皇后。你们就让我跟她说一句话……"

侍卫都很善良，发了慈悲心，让他去见皇后了。就在他向皇帝的内室走去的时候，侍卫们对他说：

"我们的皇后是仁慈的。你一定不要向她要饭吃。她已经很可怜了，都是隔一天才吃一次饭。这全是那个可恶的高罗赫皇帝害的……"

然而鲁科芙娜皇后一眼就认出了自己的丈夫，原想扑到他怀里大哭一场，但是他却向她使了个眼色，并且低声耳语道：

"快跑吧！我以后会给你说明这一切。"

他们只带走随身的东西。鲁科芙娜皇后拿走那只豌豆公主住过的空盒子。一会儿，非常丑的赤脚姑娘也来了，然后她领着皇帝和皇后渐渐向外走去。却在大街上，遇到了潘切列皇帝，他眼泪汪汪地说：

"你们不要留下我一个人呀，我应该怎么办呀！"

"那就一起走吧……"善良的赤脚姑娘说，"大家一起走，还能热闹一些。"

九

柯萨尔国王在高罗赫皇帝的首都附近已经驻扎一年多了，他不想猛攻这个城，免得白白损失军队。反正，他们自己会投降的。

柯萨尔国王因为没有重要的事情可做，只能在王家帐蓬里寻欢作乐。白天黑夜都是如此。所以此处灯火辉煌，音乐悠扬，歌声婉转……大家都兴高采烈，与此形成鲜明对比的是俘虏们满面的愁容。俘虏之中，最英俊最悲伤的就是鹰王子。对于鹰王子，姑娘们，哪怕只是从远处看见过一次，也会对他牵肠挂肚。可以说，他就像一只从窠里掉出来的幼鹰。派来看守鹰王子的细心的卫兵注意到，每天早晨，都会飞来一只漂亮的白肋喜鹊，连续不断地长时间发出叫声，在关着鹰王子的小土房上面飞个不停。卫兵们朝它射箭，却怎么也射不中它。

"可恶的鸟！"大家都这样说。

虽然柯萨尔国王很开心快活，但他也等不及别人向他屈从了。他又向被围困的城里射了一箭，箭上仍然绑有一封信，信中说，如果不投降，明天就处死鹰王子。结果柯萨尔国王一直等到天黑，也没有等到回信。事实上首都里没有人知道，高罗赫皇帝早就逃之夭夭了。

"就明天处决鹰王子！"柯萨尔国王气愤地下令道，"我已经等烦了。现在谁落到我手里，我就处死谁。让他们永远记住柯萨尔国王是什么样的！"

清晨之前，死刑所需的一切都准备好了。军队的全体人员都聚拢来观看处决鹰王子。凄凉的喇叭声响了起来，鹰王子被卫兵们押出来。年轻的王子没有胆怯，只是忧郁地凝视着自己的祖国，在那城墙上也站满了人。因为他们也已经知道处决王子的消息了。

此时柯萨尔国王走出了帐篷，他挥动了一下手帕——这动作意味着：鹰王子的死刑不会被赦免。恰好这时候，白肋喜鹊飞来了，它不停地盘旋在关王子的那个小土房子上空，大声地不断地叫着，然后它又飞到厉害的柯萨尔国王的头上空。

"这是什么怪鸟呀？"柯萨尔国王勃然大怒。

侍从们赶紧驱赶那只鸟，可是鸟儿拼命朝他们攻击，有些人的手被它啄了，有些人的头被它啄了，它甚至还想啄一些人的眼睛。侍从们全都非常生气，然而喜鹊却落在国王帐篷的金圆顶上，似乎在嘲笑所有的人似的。侍从们朝它射箭，可是没有一个人能射中它。

"快打死它呀！"柯萨尔国王大吼道，"唉，不行，你们怎么都射不中……来人，快把我的弓箭拿来，我要让你们看看，应该怎样射箭……"

强壮有力的柯萨尔国王拉开那绷得紧紧的弓，然后只见一支缀有漂亮的天鹅羽毛的箭迅速飞了出去，这时喜鹊便从帐篷顶上摔了下来。

接着一个大奇迹出现了。侍卫跑过去要拾起打死的喜鹊时，惊奇地看见地上躺着一个美丽无比、双眼紧闭的姑娘。侍卫看出，她就是美丽的珂塔菲娅公主。刚才那一箭射中了她的左手的小指头。柯萨尔国王赶紧亲自跑过来，战战兢兢地说：

"美人儿，我把你弄成什么样了？"

姑娘迷人的眼睛睁开了，珂塔菲娅公主说：

"请下令不要处死我哥哥……"

柯萨尔国王手帕一挥，围在王子身旁的卫兵便让开了。

✝

赤脚姑娘带着两位皇帝和一位皇后匆匆忙忙地赶路。两位皇帝一路吵嘴，原因是潘切列皇帝是如此的骄傲自负。

"啊！我的国家以前可好了！……"他自吹自擂地说，"如此好的国家，恐怕全世界找到不到第二个……"

"你胡说！潘切列皇帝，"高罗赫皇帝不服气地说，"我的国家，是无与伦比的……"

"你说的不对，我的好！……"

"不对，我的更好！……"

此时不论高罗赫皇帝怎样拼命争取去做仁慈善良的人。在潘切列皇帝说他自己的国家好的时候，他又怎能仁慈善良呢？

他们不停地往前走。

"我以前有数不清的各式各样的财宝啊！"潘切列皇帝骄傲地说，"不说所有的，就光钱币，就多得数不清。我想谁也应该没有过那么多钱币。"

"你又开始胡说了!"高罗赫皇帝生气地说,"我以前的财产和钱币都应该都比你的多。"

两位皇帝就这样一边走,一边吵着嘴。皇后曾经多次揪住高罗赫皇帝的袖子,轻声说:

"别吵了,老头儿……你还想不想做个仁慈善良的人呀?"

"可是那个让人生气的皇帝不让我当仁慈善良的人呀?"高罗赫皇帝气愤地说。

每个人都在想自己的事,毫无例外的鲁科芙娜皇后在惦记着孩子:英俊的鹰王子现在在哪儿呢?美丽的珂塔菲娅在哪儿呢?小小的豌豆公主又在哪儿呢?她最最心疼的小女儿——可爱的豌豆公主可能连骨头也没有了吧……此时皇后只能一边走,一边偷偷用衣袖擦慈母的悲伤的眼泪。

两位皇帝休息了一会儿,又开始吵了。他俩不停地吵啊,吵啊,差点动手打起架来,好容易鲁科芙娜皇后才把他们拉开。

"你们就别作孽了,"她劝说道,"两个人都一样……都已经一无所有了,没有什么可吹的了。"

"谁说的,我还有呢!"骄傲的高罗赫皇帝说,"就是的,现在我也比潘切列皇帝富有。"

高罗赫皇帝气坏了,他猛地扯下自己右手的手套,露出他自己独特的六个手指头。他说:

"你看见了吗?你只有五个手指头,我却有六个——我比你阔吧。"

"哈哈!你终于找到可以夸口的东西了!"潘切列皇帝终于忍不住大笑了起来,"要是你这么比的话,那我的大胡子就价值连城,你也没有呀……"

就这样他们两位争论了很久,又差一点动手打起来,直到后来潘切列皇帝累得没有一点劲儿了,他蹲在地上大哭起来,高罗赫皇帝感到很内疚。他不应该拿自己的六个手指头来吹牛,把别人都惹哭了。

"潘切列皇帝,我说,你就……别哭啦!"

“高罗赫皇帝，我忍不住了。”

“你为什么哭呀？”

“我饿了。现在看来，还不如留在首都，或者直接去投奔柯萨尔国王。反正都是饿死……”

赤脚姑娘走过来，给了潘切列一块干干的面包。潘切列皇帝狼吞虎咽地吃完面包后，却大喊一声说：“你这丫头片子，光面包怎么没有菜汤喝？我是皇帝怎么能只吃面包呢？我立刻把你消灭掉……”

“怎么这样说，这么说不好……”高罗赫皇帝赶紧劝他道，“有一块面包，就不错啦！”

十一

谁也不知道这两位皇帝吵了多久了，最终，他俩是和好了，之后就又吵起来了，吵了之后又和好，赤脚姑娘却始终拄着一根李木手杖，一瘸一拐地走在前面。

一路上鲁科芙娜皇后一声不吭。因为她担心有人追他们，她还担心高罗赫皇帝会被人打死。但等他们走远一些，确定没有什么危险了，她开始想别的了。这个赤脚姑娘是谁？她又麻又瘸，衣服又破，再也找不到比她还难看的姑娘了吧。这样一个丑八怪，恐怕连皇宫都不能让她走近的。鲁科芙娜皇后生气地问她：

“喂！姑娘，到底你领我们到哪儿去呀？”

这时两位皇帝顿时也停止了吵嘴，他们三人一起盘问起赤脚姑娘来：

“喂，你这个丑陋的罗圈腿！你到底领我们上哪儿去？”

赤脚姑娘突然停住脚步，回头看看他们，只是微笑了一下，这两个皇帝不死心地缠住她要问个究竟：“快说呀，你领我们到底上哪儿去？”

“我呀，领你们去串门儿呀……”赤脚姑娘微笑着回答，接着她又补充了一句：“应该正好赶上参加婚礼。”

此时鲁科芙娜皇后真的生气地责备起她来了，因为她认为赤脚姑娘太不像话了——他们现在连自己的烦心事儿还理不清呢，谁有心思参加婚礼呀。赤脚姑娘却只望着他们几个人笑笑。

"你呀！小心点！"鲁科芙娜皇后严肃地说，"我是不喜欢开玩笑的呀！"

赤脚姑娘只是用手指指了指前方。此刻大家都看见了，前面就是个大城市，有石砌的城墙、高塔还有漂亮的大房子，城外还搭了许多帐篷，驻扎着无数军队。两位皇帝有点害怕，他们甚至想要掉转头往回走了。后来，潘切列皇帝说：

"喂！高罗赫皇帝，反正哪里对我们来说都一样！还是往前走吧……，也说不定有人能给我们点东西吃。我实在非常想喝菜汤了……"

高罗赫皇帝也不反对吃点东西，就连鲁科芙娜皇后此时也饿了。

他们继续向前走去，已经没有别的办法了。然而谁也没有想一想，这是什么城，驻扎的又是谁的军队。高罗赫皇帝只是一边走，一边后悔，不该夸耀自己的六个手指头，他担心潘切列皇帝说话不谨慎，让别人知道了他的秘密。鲁科芙娜皇后又打扮了一番，向赤脚姑娘说：

"你跟在我们后面走吧，小脏孩子，不然你会丢大伙儿的脸的……"

接着他们往前走。驻军已经发现了他们。向他们跑过来一群人，跑在最前头的当然是骑马的人。两位皇帝故意装出昂首阔步的样子。潘切列皇帝还说：

"好呀，可能现在不光有菜汤喝，还有稀饭和果子羹……我最爱的果子羹！"

鲁科芙娜简直不相信自己的眼睛。因为骑骠悍的骏马跑在第一个的是她的儿子——英姿飒爽的鹰王子，此时他正开心地挥舞手里的帽子。美丽的珂塔菲娅公主也骑马跟在后面，然而骑马走在她身旁的，却是厉害的柯萨尔国王。

"唔，这回……这回好像又要变稀饭加黄油了……"被吓得魂飞魄散的潘切列皇帝轻轻地说。刚想逃走的他，被赤脚姑娘拦住了。

直到最后，光荣的高罗赫皇帝才认出了自己的亲生儿女。

"原来这是我的首都呀！"他打量着那座城市，惊讶地叫了一声。

鹰王子和珂塔菲娅公主一起走过来，开心地投到父母亲的脚下。随后柯萨尔国王也过来了。

"我说，你就像个树墩似的站着？"光荣的高罗赫皇帝对他说，"脑袋不会掉下来的，行个礼吧……"

柯萨尔国王行了礼，说道：

"我这里给你叩头了！光荣的高罗赫皇帝，……请把你的女儿——美丽的珂塔菲娅嫁给我吧。"

"嗯，这还得瞧瞧！"傲慢的高罗赫皇帝回答。

几位客人被欢天喜地地请到帐篷里去了。人们都恭敬地接待他们，此时连潘切列皇帝都跟着神气起来了。

当大家都走到帐篷前时，鲁科芙娜才想起找赤脚姑娘，可是却怎么也找不到她了。他们不停地找呀！找呀，怎么也找不到。

"妈妈，她就是您的小女儿豌豆，"美丽的珂塔菲娅公主轻轻地附在鲁科芙娜皇后耳边说，"这一切全是她安排的。"

三天后，举行盛大的婚礼——美丽的公主和厉害的国王结婚。首都的围困也解除了。大家在一起吃啊，喝啊，一片欢乐的景象。此时光荣的高罗赫皇帝开心得不得了，他竟对潘切列皇帝说：

"来，潘切列皇帝，咱们接吻来庆祝吧！咱们以前干吗要吵架呢？其实想一下，柯萨尔国王一点也不厉害……"

十二

参加完婚礼，高罗赫皇帝和鲁科芙娜皇后回到自己家里，此时他们发现赤脚姑娘正坐在内室里，往破衣服上补一个新补丁。鲁科芙娜皇后不由自主地惊叫了一声。

“你怎么跑这儿来了，丑八怪？”鲁科芙娜皇后气哼哼地说。

“你们喜气洋洋地在珂塔菲娅姐姐的婚礼上，我却只能在这儿打补丁。”

“谁姐姐的婚礼?! 你怎么敢说这种话! 卑贱的人，我马上下令把你撵出去，看你还敢不敢说珂塔菲娅是你姐姐……”

“妈妈，你不认识我了，我是豌豆呀!”

鲁科芙娜皇后沮丧地垂下了手。她坐到桌前，伤心地哭了起来。此时她才想起，珂塔菲娅曾经亲口告诉过她豌豆的事情。只是因为在婚礼上太开心了，大家把豌豆给忘了。

“唉呀! 我把你给忘了! 闺女，”鲁科芙娜皇后伤心地说，“完全忘了……珂塔菲娅悄悄告诉过我你的事情。罪过呀! ……”

鲁科芙娜皇后仔细地端详了一下赤脚姑娘，突然火了，说道:

“丑姑娘，不对，你不像豌豆……一点都不像! 哪儿都不像，一定是你冒充豌豆的。珂塔菲娅都被你骗了……我的豌豆很漂亮，跟你可不一样……”

“妈妈，真的，我真的是你的豌豆呀。”赤脚姑娘含着泪担保说。

“不，不，不……我求你别说了。这些话要是被皇帝听到了，他得下令马上处死我……”

“我父亲很仁慈很善良!”

“父亲?! 你怎么能说这种话? 脏丫头，看我不把你关进储藏室!”

豌豆哭了，她非常伤心。她为所有的人张罗，可是不仅没有人请她参加婚礼，现在亲母亲还要把她关在储藏室里。

鲁科芙娜皇后这次真的非常生气，甚至气得直跺脚。

“怎么让这倒霉蛋缠上了!”她生气地嚷道，“唉，我应该让你躲到哪儿去才比较好呢? 要是高罗赫皇帝来了，看见你，我要怎么对他解释? 你马上从我眼前消失……”

“妈妈，你让我去哪，我没有地方可去呀……”

“我不是你的妈妈! 唉呀，丑八怪，还想装假! ……真亏你想得出来：我的女儿！"

鲁科芙娜皇后，又想哭，又想笑，真不知道怎么办才好。要是被皇帝知道……那可要倒大霉了！

鲁科芙娜皇后琢磨了好久，只能去把大女儿珂塔菲娅接来了，因为她想："珂塔菲娅年轻一些，脑袋好用，也许能想出个主意，我已经老了，不中用了……"

珂塔菲娅来了，那是三个星期后，同来的还有她的丈夫柯萨尔国王。兴国欢腾，皇宫里又是大摆宴席，忙活得鲁科芙娜皇后完全忘记了赤脚姑娘，或者说并不是完全忘记了，而是不想提起她。她想：

"让年轻人高兴吧！让年轻人快活吧！要是那丑八怪一露面，所有的人都要吓跑的……"

此时客人们尽情地玩乐，玩得最痛快的当然是潘切列皇帝——这个皇帝舞跳个不停，那时人们只看见他的在抖动大胡子。柯萨尔国王把他的一切都归还了，潘切列皇帝喜出望外，开心得不得了。他拥抱所有的人，并且还要和所有的人接吻，把高罗赫皇帝都惹恼了，他对潘切列皇帝说：

"潘切列，你能不能不要像个小牛犊似的到处舔人！"

"亲爱的，好的，高罗赫皇帝，你别生气呀！"潘切列皇帝亲切地搂着老朋友说，"你这人呀，哎呀！……我现在又谁也不怕了，哪怕现在再出兵打仗，我也不会反对。"

"唉，这种事情别干了……我以前也爱打仗，可是现在我不喜欢了！咱们以后不打仗好好过日子……"

鲁科芙娜皇后怕赤脚姑娘把客人吓到，把她锁在内室里，可怜的姑娘只能从窗口看着别人行乐。四面八方来的宾客数不胜数，的确也有得看，客人们在屋里玩腻了，就纷纷走到花园里来，因为那里有乐队演奏令人愉快的音乐。花园里晚上还点燃五颜六色的灯火。伟大的高罗赫皇帝在宾客间不停地走来走去，他摸着胡子，满脸兴奋地说：

"我有没有怠慢谁？有没有人觉得无聊？酒和菜大家都够吃吗？"

窗口赤脚的姑娘看见了潘切列皇帝，他因为太高兴了，撩起长衣的下摆，跳起舞来。他拼命地挥动两只胳膊，看上去就像个风车或者蝙蝠。鲁科芙娜皇后也忍不住了，像年轻时那样跳起舞来了。她先双手叉腰挺身，接着又举起一只手来挥舞着绸手帕，然后仪态端庄、步伐从容地跳了起来，她那银鞋跟咯咯地打拍子。

"嘿，嘿，嘿！"她挥舞着小手帕开心地叫道。

"好一位老太太！"高罗赫皇帝称赞她道，"我年轻的时候，舞跳得也很好的，可是现在肚子太大了，跳不动了……"

赤脚姑娘瞧着别人行欢作乐，自己只能委屈地哭。别人的欢乐更加重了她心里的委屈。

十三

赤脚姑娘从窗口，许多次看见过姐姐——珂塔菲娅公主。出嫁后珂塔菲娅公主变得更漂亮了。有一回，阿塔菲娅在外面独自散步，赤脚姑娘向她喊：

"请你过来一下！珂塔菲娅姐姐。"

第一次，珂塔菲娅假装没听见她的喊声；第二次，她瞅瞅赤脚姑娘，却又假装不认识她。

"是我呀，好姐姐，是我豌豆呀！"

美丽的珂塔菲娅回去向母亲报告了这件事。鲁科芙娜皇后非常生气，她马上跑来骂了赤脚姑娘一番，并且将窗户都关了起来。

"你最好小心点！"她吼道，"客人走了再找你算账吧。你，一个丑八怪，你觉得跟美人儿说话合适吗？只会给我丢脸……"

坐在黑屋子里的赤脚姑娘，又呜呜地哭了起来。只有窗板之间的一条细缝能透些光。太闷得慌了，没有办法，从缝里也可以看。一连几个小时赤脚姑娘坐在窗前，透过窗缝看别人如何行乐。她看呀，看呀，偶然看见了一个来参加婚礼的一个美男子勇士。他长得非常好看——白白净净的脸，一双眼睛炯炯有神，披着淡褐色的卷发。真是年轻、英俊又英气勃发。大家都赞美他，这使别的勇士很忌妒。柯萨尔国王就很漂亮了，可是这人比他还漂亮。连骄傲的美人儿珂塔菲娅都偷偷地瞟这个美男子一眼，不停地叹气。

赤脚姑娘的心因这个美男子而猛跳起来，仿佛胸膛里是一只捉来的小鸟。她爱上了这位陌生的勇士。她多么想嫁给这个人呀！可惜赤脚姑娘不仅逃不出去，而且不知道这勇士叫什么名字，不然她一定要想法逃出牢狱去找他。她想把事情原原本本都讲给他听，她认为他一定会同情自己的。虽然她长得丑，却是个好人啊。

天下没有不散的宴席。客人大吃大喝，大肆庆祝够了，都各自回家去了。潘切列皇帝喝得烂醉如泥，只得被送回家去。鲁科芙娜皇后与女儿告别时，又想起了赤脚姑娘，哭哭泣泣地说：

"唉呀！亲爱的珂塔菲娅，你说我拿她怎么办才好！……要是别人知道了这件事，我怕高罗赫皇帝会杀了我，我也没脸见人了。"

珂塔菲娅皱起两条有亮光的美丽的浓眉。说道：

"你哭什么呀？妈妈！就打发她到厨房里去，让她干最粗最累的活，这样不就得了……到那时谁敢说她是你的女儿。"

"我看她这傻瓜也怪可怜的！"

"你想可怜怪物，那哪能可怜过来呢？再说，她说是你的女儿，我不相信。她根本不像我们家的人嘛：人们称呼我为美人儿；鹰哥哥也是个美男子。哪能出来这么个怪物呀？"

"可是她说，她是我女儿豌豆……"

"那是她说，管什么用……你就打发她去，让她给最凶的厨师打下手。"

说什么就做什么，赤脚姑娘真的被送到了厨房里。所有的厨师瞧见她，都哈哈大笑，说：

"鲁科芙娜皇后从哪儿寻来这么一个美人儿？真是个美人儿！我想在整个高罗赫国也找不出比她更丑的人了。"

"她穿得也非常讲究呀！"女厨师讥笑地打量着赤脚姑娘，大笑着说："都能吓唬乌鸦了……真是个美人儿！"

因为解除了禁闭，赤脚姑娘甚至感到非常高兴，别人勉强她干最粗最累的活儿，她不在乎——她每天洗脏碗碟、倒泔水、还要擦地板。厨房所有的人，尤其是女厨师们都随便地支使她。她们不时大声呼喝她：

"喂，你这个罗圈腿儿，你真是白吃皇家的面包！对人一点好处也没有……"

女厨师头就更爱折磨赤脚姑娘。她是个凶老婆子，嘴里仿佛不是一个舌头，而是十个舌头似的。这个凶老婆子还打过她好几次。不是用拳头粗暴地杵她的腰，就是揪她的辫子。这些赤脚姑娘都忍受着，因为连亲母亲和亲姐姐都不认她，她还能要求外人怎么样呢！她常常一个人躲在角落里哭泣——只能这样罢了，她连诉苦都没处诉去。不错，鲁科芙娜皇后也来看过她几次，但每次女厨师和男厨师都气愤地异口同声地说：

"皇后，别提这个丑八怪有多懒了！她什么也不愿意做，只会白吃面包……"

"那你们就惩罚她，叫她别偷懒不就好了！"皇后轻松地说。

厨师们开始更严重地惩罚赤脚姑娘：有时不让她吃饭；有时把她一个人孤零零地关在黑暗的储藏室里；甚至有时揍她一顿。

最叫大家生气的是，她只会默默地忍受一切，就连是哭，也是偷偷地。

"真是个不知死活的家伙！"大家都气愤地说，"怎么才能治她？你说她会不会对我们做出什么事儿来呢！万一她放火把皇宫给烧了——那可怎么办！"

后来，厨师们也忍耐不下去了，成群结队吵吵嚷嚷地向鲁科芙娜皇后告状去了，他们说：

"鲁科芙娜皇后，你把那丑八怪带走吧，千万别让她在我们那儿待下去了，有她在跟前，我们简直快活不下去了。我们大伙儿因为她累成什么样子了，这些都讲也讲不清了！"

鲁科芙娜皇后认真地考虑了一会儿，她挠挠脑袋，发愁地说：

"她的事情，我真听腻了……我拿她怎么办呢？"

"皇后，你可以打发她到后院去呀。看鹅对她最合适不过了。"

"真的，可以派她去当鹅倌呀！"皇后开心地说，"就这么办……起码大家都看不见她了。"

十四

赤脚姑娘当了鹅倌后，她非常的高兴。不错，虽然她吃得很不好——每天把皇宫里吃剩的乱七八糟的东西送到后院去，但是她每天可以清晨就把鹅赶到田野里去，开心地在那儿待整整一天。夏天田野里多美呀——碧绿的小草、鲜艳的野花，活泼的小溪和欢快的小鸟都和她谈话。对它们来说，赤脚姑娘完全不是丑八怪，它们喜欢她。

"你当我们的皇后吧！"野花低声对她说。

"我原本就是皇帝的小女儿啊。"赤脚姑娘肯定地说。

只有一件事让赤脚姑娘非常伤心：天天早晨，皇家的厨师都会到后院里来，捡一只最肥的鹅，带走。都因为高罗赫皇帝太爱吃肥鹅肉了。鹅们都埋怨高罗赫皇帝，长时间地咯咯叫着：

"咯，咯，咯……要是有什么办法能让高罗赫皇帝不喜欢吃肉，不碰我们就好了。我们这么可怜，他干吗要吃我们呀！"

同样可怜的赤脚姑娘无法安慰这些不幸的鹅，她甚至不能也不敢告诉它们，高罗赫皇帝其实是个仁慈善良的人，他谁也不想伤害。说了也没用反正鹅不会相信她的。有时皇宫里来了客人，那就更糟糕了，潘切列皇帝一个人就能吃一整只鹅。虽然这老头儿瘦得皮包骨，可是就爱吃。别的客人也是边吃边夸高罗赫皇帝。他是一位多么好客的皇帝呀！不同于柯萨尔国王，没人能在他那儿痛痛快快地做客。就连美丽的珂塔菲娅出嫁后，也变得吝啬了——她什么都心疼。客人们只能眨巴眨巴眼睛，通通到高罗赫皇帝那儿去。

　　一天，从四面八方来了很多客人，高罗赫皇帝举办了一次漂亮的携带鹰的狩猎请他们参加。在田野里搭起了带金顶的皇家帐篷，摆上了餐桌，还运来了各式各样的啤酒、葡萄酒和伏特加酒，各式各样的食物摆满了每张餐桌上。客人来了——女客人乘车，男客人骑着高头大马，他们骑在骠悍的骏马上，尽情地去显示各自的矫捷骑姿和好汉的英勇神情。赤脚姑娘喜欢的那个勇士也在他们中间。他名叫克拉西克。男客人的骑术都很好，他们也都在显示自己的勇敢。可是克拉西克勇士胜过所有的人。其他壮士与勇士对他既羡慕又忌妒。

　　"欢乐吧，亲爱的客人们！"高罗赫皇帝不时说道，"如果有什么怠慢的地方，请你们多多原谅！如果不是我的肚子太大，我一定表演让你们瞧瞧。我已经老了，不能向你们展示了……不信的话你们问问鲁科芙娜皇后，以前我是一个多么勇敢的好汉。那时，谁骑马也骑不过我的……我射箭的本领也高明极了——记得有一回，我朝一只熊射了一箭，箭恰好从它左眼里进去，右边的后腿出来。"

　　鲁科芙娜皇后见丈夫又在大吹牛皮，马上揪了一下他袖子，于是高罗赫皇帝补充了一句：

　　"我说错了，不是一只熊。那是只兔子。"

　　鲁科芙娜皇后不得已又揪了他袖子一下，高罗赫皇帝不情愿地又一次更正道：

　　"不对，不对，我又说错了，不是兔子，那是只鸭子，我也不是射中了眼睛，而是射中了它尾巴……对吧，鲁科芙娜？"

　　"对呀，高罗赫皇帝，"皇后说，"你以前就那么勇敢……"

　　此时勇士和壮士们也都开始大吹牛皮，吹得最厉害的，当然是潘切列皇帝了。

　　"话说我年轻的时候啊，一箭射死了一只鹿、一只鹞鹰还外加一条梭鱼。可是现在不行了，这把大胡子严重妨碍我射箭。"老头儿摸着胡子满足地说，"虽说是过去的事情，现在也可以拿出来夸夸口嘛……"

鲁科芙娜皇后也揪一下潘切列皇帝的袖子，因为他吹得实在太凶了。潘切列皇帝感到很难为情，这时他就开始口吃，结结巴巴地说：

"我……我……我以前的腿脚可利索了。一跑，就能准确拉住兔子尾巴。你们问问高罗赫皇帝是不是……"

"你全是瞎扯，潘切列。"高罗赫皇帝回答，"你太爱吹牛了……以前你就吹，到现在还吹。话说回来我可真遇到过这么一回事，那次我骑狼跑了一夜，抓着狼耳朵骑在它的背上，这事儿谁都知道……对吧，鲁科芙娜？你不是还记得清清楚楚的吗？"

"行啦，行啦！你们这些可怜的勇士！"皇后对这两个老头儿说，"无论过去发生过什么伟大的事……也没法全讲出来，就算讲了，别人也不一定相信呢……也许我曾经也有过一些事情，可是我不说。都去打猎吧……"

吹响了铜号，皇家的狩猎队伍浩浩荡荡地从歇脚地出发了。骑不了马的高罗赫皇帝和潘切列皇帝，只能乘大马车跟在猎人们后面不紧不慢地走。

"我以前骑马骑得多好啊！"高罗赫皇帝感慨地说。

"我也是啊……"潘切列皇帝骄傲地说。

"我想谁骑马应该也不如我骑得好……"

"我才是……"

"喂，你这可是吹牛啦！潘切列。"

"我根本就不是吹牛！你可以随便问别人。"

"你就是吹牛……得了，潘切列，承认吧，你就没有一点吹牛？"

潘切列皇帝偷偷地回头看看，轻声问道：

"好，我承认，高罗赫，那你呢？"

高罗赫皇帝也回头看看，低声回答："多少有一点添枝加叶，潘切列！……就加了麻雀嘴那么小的一点点儿。"

"那麻雀也可能大极了！"

高罗赫皇帝几乎要发脾气了，然而他又想起，应该做个善良仁慈的人，他便吻了潘切列一下。

"好潘切列！咱俩都是好的勇士啊！这些年轻人哪儿能跟我们比呀……"

十五

此时正是赤脚姑娘牧鹅的时候，她看见了高罗赫皇帝狩猎取乐。她听见了猎人快乐的角笛声、猎狗的吠声和勇士们愉快地呼唤声。勇士都以十分优美的姿态骑在名贵的马上驰骋着。赤脚姑娘也看见了，管理皇家鹰猎的人是怎样让鹰去捕捉各种沼地鸟的，那些鸟经常从她牧鹅的那一带的湖面或河面飞过。鹰升到空中后，像石头似的向着一只不幸的野鸭冲下来，这时只能看见一阵羽毛的飞扬。

一位勇士独立离开了狩猎的队伍，径直骑马朝她疾驰而来。赤脚姑娘担心他的鹰会弄死许多鹅，于是挺身出来挡住了他的去路。

"别碰我的鹅，勇士！"她勇敢地喊了一声，甚至还挥起了一根长棍。

勇士吃惊地站住了。这时赤脚姑娘才认出他就是自己最喜欢的那个人。

"你是谁？"他惊讶地问道。

"我是高罗赫皇帝的女儿……"

勇士把赤脚姑娘从头到脚打量了一番，终于忍不住大笑了起来。不错，确实是个真正的"公主"……她很勇敢，甚至敢向他挥起木棍来了。

"我说，公主，能给我点水喝吗，"他说，"我非常的热，可是又懒得下马去取……"

赤脚姑娘默默地走到河边，用长柄木勺舀起水，递给他。勇士喝完后，擦擦嘴，说道：

"谢谢你，美人儿……在世界上我看过许多新鲜事，可是你是公主，这样的事我还是头一次听说。"

当勇士回到皇家的大本营时，就给大家讲了他刚刚遇到的怪事。所有的勇士和壮士都大笑不止，唯有鲁科芙娜皇后被吓得灵魂出窍。她所担心的事情终于还是发生了。

"快把她带到这儿来，让我们大家瞧瞧。"喝得有点醉醺醺的潘切列皇帝说，"这太有趣了……让我们大家拿她痛痛快快取乐吧。"

"你们何必要看一个丑八怪呢？"鲁科芙娜皇后还想阻拦。

"为什么她自称是高贵的公主呢？"

立刻赤脚姑娘被人找了来，领到皇帝的面前，高罗赫皇帝一看见她，马上笑得前仰后合：她又瘸又驼，破烂的衣服上下尽是补丁。

"我好像在哪儿见过你，聪明人？"他优雅地摸着胡子问道，"你说是谁的女儿？"

赤脚姑娘勇敢地盯着他的眼睛，回答道：

"我是你的女儿，高罗赫皇帝。"

大家都惊叫起来。高罗赫皇帝也笑得差点背过气去，唉呀！多么可笑的赤脚姑娘呀！她可丢尽了高罗赫皇帝的脸了！

"我知道，"高罗赫皇帝终于想出了完满的办法回答，"我所有的臣民，都是我的孩子，你不也例外……"

赤脚姑娘勇敢地回答道："不是的，我是你的亲女儿豌豆。"

这时，美丽的珂塔菲娅忍不住了，她跳了出来，想往赤脚姑娘的身上推一把。高罗赫皇帝也愤怒了，但是他马上又想起自己要做个仁慈善良的皇帝，所以只哈哈大笑。大家都开始嘲笑赤脚姑娘，珂塔菲娅更是举着拳头向她逼去。就在大家屏住气息，等着看下一步的时候。忽然克拉西克勇士走出人群，这让大家非常意外。克拉西克是年轻而高傲的，他认为，是他让这可怜的姑娘陷入了窘境，是他让大家拿她来取乐，不禁感到深深的内疚。再说了，一大群健康的人嘲笑、戏弄一个丑姑娘，这太令人心寒了。于是克拉西克勇士走出来说道：

"皇帝们、勇士们、壮士们，请听我说几句话。姑娘天生是这个模样，这也不能怪她呀，她也是个跟我们平等的人。都是我的原因使她弄来让大家取笑的，都是我的错，所以我要娶她为妻。”

然后克拉西克勇士走上前去，将她搂在怀里，热情地吻了她。

这时，大家眼看着一个大奇迹发生了：赤脚姑娘突然变成了一位美得无法形容的女郎。

“是的，她就是我的女儿，豌豆！”高罗赫皇帝激动地高呼道，“真的，是她！”

赤脚姑娘身上的魔法被解除了。因为首屈一指的勇士爱上了她，而且爱的是她丑陋的面貌。

长嘴蚊虫和短尾巴的蓬毛熊

一

事情发生在正午，所有的蚊虫都热得躲在泥潭里。长嘴蚊虫也躲在一张宽大的树叶下，舒服地睡着了。就在此时，它突然听到了绝望的叫喊声：

"哎呀，我的爹呀！哎呀，救命呀！救命呀！……"

长嘴蚊虫从树叶底下跳出来喊道：

"出什么事了？你喊叫什么呀？"

可是那些蚊虫，嗡嗡地飞着，嗯嗯嗯地叫着——什么也搞不明白。

"哎呀，我的爹！一只熊在我们泥潭里，居然躺下睡觉啦。它刚躺下，就马上压死了五百只蚊虫兄弟，它一喘气，又吞掉了上百只蚊虫兄弟。哎呀，兄弟们，我们要倒霉了！我们几个好容易从它脚下飞出来了，不然会把我们也都给压死的。"

立刻长嘴蚊虫对熊和那些吱吱叫着的可怜的愚蠢的蚊虫生气了。

"你们，喂，别吱吱了行吧！"它大喊了一声，"我马上去把熊赶回家去……这非常简单嘛！你们光喊叫什么呀……"

长嘴蚊虫说完，就飞走了，泥潭里果真躺着一只熊。熊闯到了最茂密的草里，自古以来在这些草里就住着蚊虫的，熊又躺下，打着鼾，那声音，就像有人吹着喇叭似的。真是只不知羞耻的畜生！不仅闯到人家的地方，还无缘无故地压死了那么多的蚊虫，还睡得这么舒服！

"喂，叔叔，你知道自己闯到什么地方来了吗？"长嘴蚊虫满树林里喊叫着。它喊得这么响，连自己都吃了一惊。

蓬毛熊懒懒地睁开了一只眼睛——什么都看不见，又睁开了另一只眼睛，这时才勉强看到有一只蚊虫在它的鼻子上头飞。

"朋友，怎么了？"熊叫了起来，看样子他也生起气来了。"怎么回事，才躺下休息，马上就有混蛋来吵。"

"喂，叔叔！你乖乖地滚蛋吧……"

熊睁开两只眼睛，望着那个混蛋，哼了一声，发怒了。

"混蛋的家伙，你到底要干什么呀！"它叫喊起来。

"我是不喜欢开玩笑的，从我们这里滚开……否则，我要把你连皮一块儿吃掉。"

熊觉得很好笑，它翻了个身，用熊掌掩住面孔，马上又打起鼾来了。

二

长嘴蚊虫飞回蚊群那里，向满泥潭吹起牛来。

"我巧妙地吓跑了蓬毛熊……下次它不敢再来了。"

蚊虫们都奇怪了，就问它：

"那么，您告诉我们熊现在在哪里呢？"

"那我可不知道，弟兄们。我对它说，快走开。否则我就要吃掉它，它一听到就害怕地跑了。我不爱开玩笑，所以我直接说了'吃掉'这句话。现在这时候，它恐怕已经吓死了……有什么办法呢，是它自己的过错！"

所有的蚊子都嗡嗡嗡地叫喊着，它们争论了很久，商量如何去对付那只熊。泥潭里从来都不曾这样热闹。它们嗡嗡嗡地叫着，叫着，最终决定把熊赶出泥潭。

“赶它走，让它回到树林里去睡觉，泥潭是我们的……我们的父亲和爷爷就已经生活在这个泥潭里了。”

一只聪明的蚊虫老太婆劝大家不要再去触犯熊，它说让熊躺吧，等他醒来以后，会自己走开的，可是大家不听，而是一道凶狠地去攻击熊，使这可怜的家伙几乎不可能脱身。

“弟兄们，去呀！”长嘴蚊虫用力地喊，“我们要给它些厉害尝尝……对呀！”

蚊虫们都跟着长嘴蚊虫起飞了，他们一面飞，还一面嗡嗡嗡地叫着，其实它们自己也觉得可怕。然而它们飞来一看，那只熊已经一动不动地躺在那儿了。

“我不是早就说过吗，瞧，这只可怜的家伙可能已经吓死啦！”长嘴蚊虫吹牛说，“我都有些可怜它了，唉，那么强壮的一只大熊真可惜。”

“弟兄们，它睡着了。”一只小蚊虫飞近熊的鼻子，结果差一点被吸进像通风洞一样的鼻孔去，所以它尖声说。

“唉呀，不要脸的家伙！唉呀，这只不要脸的家伙！”所有的蚊虫都高声喊起来，接着又是起了一阵可怕的喧闹声，“他压死了五百只蚊虫，又吞掉了一百只蚊虫，自己却在这里睡得好像没发生任何事一样……”

蓬毛熊还是自顾自地睡觉，鼻子还不停地打着鼾。

“它一定是假装睡着呢！”长嘴蚊虫大声喊着，向熊飞过去了，“看我现在给它个厉害……叔叔，喂，你装傻也装够了吧！”

长嘴蚊虫飞过去，就用它的长嘴直刺到黑色的熊鼻子里，熊立刻痛得跳了起来，用熊掌掴自己的鼻子，可是却没有看见长嘴蚊虫。

“叔叔，怎么，不高兴吗？”长嘴蚊虫尖叫着，“快走开吧，否则还有更糟糕的等着你呢……现在不只是我一只，跟我一起飞来的还有爷爷大长嘴蚊虫和小兄弟小长嘴蚊虫呢！你快些走开呀，叔叔！”

“我就不走！”熊起来直立后腿喊，“我一定要把你们统统都给压死！”

“喂，叔叔，吹牛没有用的……”

长嘴蚊虫又飞过来这次直向熊的眼睛刺去。熊又被痛得大叫起来了，接着它用熊掌抓住面孔，可是仍旧是什么也没有抓住，而且差一点把眼睛抓出来。长嘴蚊虫仍旧在熊的耳朵边飞来飞去，尖声地叫着：

"叔叔，我要吃掉你……"

三

终于熊生气了，它将整棵白桦树连根拔起，然后用它来打蚊虫，就这样用力地挥舞起来……打呀打，直到打得累了，可是一只蚊虫也没有打死——因为大家都飞到它的头顶上打转尖叫着。接着熊抓起一块大石块，向蚊虫扔过去——可是还是没有用。

"怎么样？叔叔，抓住了吗？"长嘴蚊虫尖声问，"我一定要吃掉你……"

就这样，熊和蚊虫们打仗，也不知道打了多久，只听见许许多多杂乱的声音。远远地还能听到熊的吼声。它折断了很多树枝，掘起很多的石头！……它总是想抓住长嘴蚊虫，它不就在眼前吗，就在耳朵边打转吗，当熊用手掌去抓时，仍旧抓不到，结果把自己的脸抓得鲜血直流。

终于熊累了，它坐下来，喷了一口气，这时它想出了一个新的办法，它可以在草上打滚，把蚊虫全都压坏。熊便滚呀滚的，不过还是一点用也没有，只能让它更加累。于是熊把脸埋到青苔里，结果更糟糕，熊的尾巴被蚊虫们叮住了，最后熊勃然大怒。

"等一等，你们太大胆了！"连五俄里以外都可以听得见他的喊叫道，"我要给你们显显我的本领……我……我……我……我……"

蚊虫都往后退去，它们等待着，想看会发生什么。熊像卖艺的一样爬上了树，选择了一根最粗的树枝坐下，吼着：

"好啦，你们现在过来吧……看我如何把你们的嘴统统打断！"

蚊虫们都尖声笑着，整齐地向熊扑去。它们嗡嗡嗡地响着，打着转，往前钻……熊一直招架着，招架着，无意中竟然又吞下了一百多只蚊子，这次它咳呛起来，接着从树枝上像袋子一样掉下来了……它站了起来，扭扭跌伤的腰，说：

"怎么样，我打赢了吧？看我多么灵巧地从树上跳下来了，你们都看见了吧？"

蚊虫们笑的声音更尖了，长嘴蚊虫大声叫着：

"我一定要吃掉你……我一定要吃掉你……吃掉你……吃掉你！"

熊终于感到筋疲力竭了，它想离开泥潭可又觉得难为情，只好坐在后腿上，眼珠转动着。

一只青蛙搭救了它。青蛙从小丘下面跳出来，也坐在后腿上说：

"熊伯伯，您干嘛要自寻烦恼呢？您不要理睬这些讨厌的小蚊虫，实在犯不着呀。"

"真是犯不着呀！"熊突然高兴起来，"我这是干嘛呀……要是它们到我的洞里来，那我就……我就……"

熊转身，从泥潭出来，长嘴蚊虫还不停地跟在它后面飞，一边飞，还一边喊：

"哎咿，捉住它，弟兄们！熊跑掉了……快捉住它呀！"

此时所有的蚊虫集合在一起，大家商量着，决定是："犯不着，让它走吧——反正泥潭仍旧是我们的！"

勇敢的小兔子

一只小兔子出生在树林里，原来它什么都怕。有根树枝噼啪一响，鸟扑扑翅膀，或是一团雪从树上掉下来，都能把小兔儿吓得魂飞魄散。

小兔儿害怕一天，害怕两天，害怕一个星期，甚至害怕一年，直到它长大了，忽然不情愿再害怕下去了。

"现在我谁也不怕了！"它大声喊道，喊得全森林都听见了，"喏，就这样，我一丁点儿也不害怕！"

老公兔们老母兔们蹒跚地走来，集合到一起，年纪小的兔子们也都来了——大家都是为了听那只长耳朵、吊眼梢、短尾巴的小兔儿吹牛，它们简直不敢相信自己的耳朵了。哼！一只小兔儿，居然敢说谁也不怕！这种事还从来没有过！

"喂，吊眼梢，你？狼，你也不怕么？"

"狐狸不怕，狼不怕，狗熊我也不怕——我，现在谁也不怕！"

这太滑稽了：小兔子们用前脚捂着小嘴嘻嘻地笑个不停，善良的老母兔们也哈哈大笑，经历过狐狸的爪子和狼的牙齿的老公兔们也露出了笑容。这只小兔子太滑稽了！哎呀，它多天真呀！因为它的话，所有的兔子都觉得很快活。大家有的开始翻跟头，有的跳跃，有的蹦高，还有的彼此追赶着，简直好像疯了似的。

"这有什么好笑的！"彻底壮起了胆子的小兔子高声喊道，"如果我碰见狼，那我把它吃掉……"

"哎呀，多糊涂，多滑稽的小兔儿啊！"

大家又因为它的滑稽和糊涂，都笑了。

真是说狼到狼就到。

此时狼在树林里走呀走的，肚子饿了，一个劲儿寻思："要是能吃一只小兔儿那有多好哩！"就在这时候，它听到在很近的地方，有兔子们在大声嚷嚷，而且它们大胆地竟然提到它大灰狼。它立刻收住脚步，嗅了嗅味道，然后悄悄朝兔子们的方向走去。

狼走到兔子们玩的地方的近处，居然听到大家在嘲笑它，嘲笑得最厉害的是那个——吊眼梢、长耳朵和短尾巴的小兔子，真是吹牛大王。

"老弟，你等着，别光吹牛，我先把你吃掉！"大灰狼心里这样想着，于是它开始仔细打量，它想知道到底是哪一只兔子在夸口自己勇敢。兔子们欢闹得比原来更开心了，所以它们什么也没注意到。最后，吹牛大王跳上一个树墩，用后腿坐下，开口道：

"你们听着，胆小鬼！你们一边听，一边要看我，我现在要给你们看个东西。我……我……我……"

此时吹牛大王的舌头就仿佛冻结了。因为它发现狼正瞅它。此时别的兔子都看不见，只有它看见了，它吓得气都不敢喘了。

接着，发生了一件特别的事情。吹牛大王像皮球似的蹦得很高，落下时恰好掉在大灰狼宽阔的前额上，然后紧接着一个跟头顺着狼的后背滚下来，又在空中翻了好几个跟头，然后它接触到了地面，急急忙忙撒腿就跑，那真是逃命的速度呀。

小兔儿跑呀，跑呀，跑了很久，直到跑得筋疲力尽了。

它一直觉得狼就在后面紧追着，而且马上就要咬住它了。

然而，可怜的小兔儿后来实在一点力气也没有了，它放弃了，闭上眼睛，僵死般地倒在灌木丛下。

这时，狼赶紧朝另外一个地方跑去了。因为当小兔子倒下的时候，它还以为有人放了一枪。

于是狼逃走了。在树林里反正有数不清兔子，这兔子准是个疯子……

别的兔子半天也没反应过来。他们有的藏进灌木丛里了，有的躲到树墩后面去了，还有的趴在土坑里了。

直到最后，大家都藏腻了，胆子大的就慢慢探出头来看看情况。

"小兔儿很巧妙很顺利地把狼吓跑了！"大家这样想。"真伟大，要不是它，我们全没有命了……然而，我们的大无畏的聪明的小兔儿，现在在哪儿呢？"

大家都开始找它。

它们走呀，走呀，可是哪儿也找不到小兔儿的身影，不会是被另外一只狼给吃了吧？后来，大家好容易找到了它——此时它躺在灌木丛下的小土坑里，吓得半死半活的。

"你真是好样儿的，小兔儿！"大家异口同声地喊道，"小兔子你真有本事！你真高明把狼都给吓跑了。谢谢你！救了我们，我们原来还以为你是吹牛呢。"

听到赞美，小兔儿立刻打起了精神。它从坑里爬出来，抖抖身子上的土，眯起眼睛，说道：

"嗨，你们以为怎样？胆小鬼……"

从那一天起，大家都相信它的话，就连勇敢的小兔子自己都开始渐渐相信，它真的谁也不怕。

一粒像鸡蛋那样大的谷子

有一天在山沟里孩子们找到一颗鸡蛋大的东西，中间有一条纹路，样子看上去像是谷子。路过的人看到这颗东西，就花几个戈比从小孩子手里买来，带到城里，当奇珍异物卖给了国王。

国王马上召见博士，命他们判认这是什么东西——是鸡蛋还是谷粒？博士想了又想——也不能给个答案。这颗东西被放在窗台上，母鸡飞进来啄食，啄了一个大窟窿。博士明白了这是一颗谷子。就来禀报国王说："这是一颗谷子。"

国王觉得奇怪，谷子怎么这么大呢？就命博士考查，这颗谷子到底是在什么地方和什么时候生长的。博士努力思考，也查考了许多典籍——可是一点儿线索也找不到。他们回禀国王说："我们无法复命。典籍里没有关于这个任何记载。去问问农民吧，看看是否有人听说过这样的谷子。"

博士寻访到一位年纪极大的老头儿，国王就下命令召见了他。博士陪他到国王面前来。国王见到的是一位面有菜色、齿牙尽脱的老头儿，他是拄着两根拐杖勉强走进来的。

国王把这颗谷子给他看，因为老头儿已是老眼昏花，他只能这么一半尽力细看，一半用两手摸索。

国王问他道："老翁，你知不知道这种谷子在哪里长过？你的田里有没有种过这种谷子，或者你在什么地方买过或见过这种谷子没有？"

老头儿耳朵也不好了，留心听了，才勉勉强强听明白。他回答道："没有，"他说，"我的田里没有种过这种谷子，而且也没有买过。我们买的谷子，全是这种小的谷子。你必须问问我的父亲，或许他知道这种谷子是在哪里长的。"

国王马上派人去召老头儿的父亲。寻得老头儿的父亲，并带他见国王。国王见到老头儿是拄一根拐杖进来。国王把这颗谷子给他看。老头儿两眼还能看清东西，仔细地端详了很久。国王问他道："老翁，你知不知道这种谷子在哪里长过？你的田里是否种过这种谷子，或者你买过或见过这种谷子没有？"

老头儿耳朵的听觉也很迟钝，但比他儿子听得明白些。

"没有，"他说，"我的田里也没有种过这种谷子，买也没有买过，因为在我小的时候，还没有钱币。大家全是吃自己种的谷子，有的时候，大家彼此均分。虽然我们的谷子比现在的大些，粉也多些，但这么大的谷子我可没有见过。可是我听我父亲说过，——在他小的时候，谷子比现在的长得好，粉质多些，谷粒大些，要问问他才行。"

国王就又召了这个老头儿的父亲。他们寻访到了他，并陪他到国王面前，这次国王见到的老头儿不用拐杖，步履轻便，眼睛明亮，听觉灵敏，说话清楚。国王把这颗谷子给他看，老翁看看，在手里转转，然后激动地说。

"好久好久没有看到这种谷子了。"

老翁马上咬下一点谷子，放到嘴里尝尝。

"就是这种味道。"他说。

"老翁，你说给我听，什么地方的什么时候生长过这种谷子？你在自己的田里种过这种谷子吗，或者你从前向什么人买过吗？"

老头儿答道："在我那时候这种谷物到处都长的。我就是吃这种谷子长大的，而且别人也吃。无论是我种的、割的、还是吃的都是这种谷子。"

国王又道："老翁，你说给我听，这种谷子你是在什么地方买的，或是你在自己的田里种过吗？"

老头儿微笑一下。

"在我那时候，根本不需要买卖谷物，而且我们也不知道什么叫钱，大家粮食都是足够吃的。"

　　国王急忙又问道："那么你告诉我，老翁，你在什么地方种过这种谷物，你的田在哪里?"

　　老翁说道："上帝的地就是我的田，开垦什么地方，什么地方就是田。土地是公有的，土地不是我们自己的，只有劳力是自己的。"

　　国王问，"我还有两件事情要问你：一件是——为什么从前生长的这种谷子，现在不生长了？第二件是——为什么你的孙子用两根拐杖走路，你的儿子用一根拐杖，而你走到这里来不用拐杖，并且你的眼睛光亮，牙齿坚固，言词清楚好听呢？你说，为什么呀，老翁，为什么会有这两件事情?"

　　老头子说："之所以会有这两件事，是因为人们已不再靠自己的劳力生活，而是在垂涎贪图别人的东西。从前生活不是这样的：从前人是只要自己的不贪图别人的。"

三只熊

　　一个小姑娘到树林里去。却在树林里迷失了方向，怎么也找不着回家的路了，她走到林中一所小房子前面。

　　通过开着的门，她往里面看了一眼，发现屋里空空的什么人也没有，她就大着胆子进去了。在这所小房子里住着三只可爱的熊。一只是熊爸爸，名叫米哈伊尔·伊万内奇，他的个子很大，毛长长的。另外一只是熊妈妈，她的个子稍微小一些，名叫娜斯塔西娅·彼得罗夫娜。第三只是小熊，名叫米舒特卡。此时三只熊都不在家，它们一起到树林里去了。

　　小房子里共有两间屋子，一间是餐厅，另一间是卧室。小姑娘来到餐厅，发现餐桌上摆着三碗粥。第一只碗很大，应该是爸爸米哈伊尔·伊万内奇的。第二只碗稍微小一些，应该是妈妈娜斯塔西娅·彼得罗夫娜的。第三只是可爱的小蓝碗，那一定是米舒特卡的。而且每只碗旁边都有一把勺儿，它们分别是：大勺儿、中等勺儿、小勺儿。

　　小姑娘先拿起最大的勺子，从爸爸的碗里舀了一勺粥吃；随后又拿起中等勺儿，从妈妈的碗里舀了一勺粥吃；最后拿起小勺儿，从小熊碗里舀了一勺粥吃。她觉得米舒特卡的小蓝碗中的粥最好吃。

　　小姑娘此刻想坐下来，桌边一共有三把椅子。第一把好大，是爸爸的。第二把稍微小一些，是妈妈的。第三把最小，还有个小小的蓝椅垫儿，应该是米舒特卡的。小姑娘先爬到大椅子上，结果摔了一跤。然后她坐到中等椅子上，不舒服。最后她再往小椅子上一坐，就笑了，在这儿坐着真舒服。她把小蓝碗端过来，吃起粥来。吃完粥，她就坐在椅子上摇啊摇的。

　　结果小椅子被摇垮了，她摔在了地板上。她起来，把小椅子扶正，就又走到另外一间屋里去了。那里面是三张床：一张大床，一张中等床，一张小床，分别是熊爸爸、熊妈妈和小熊的。小姑娘往大床上一躺，觉得太宽；往中等床上一躺，又觉得太高太硬；往小床上一躺，这小床真舒服对她正合适，她就在那睡着了。

　　三只熊回到家里，肚子都饿了，就去吃饭了。大熊端起自己的碗一看，就拉开可怕的大嗓门怒吼道："谁偷喝了我碗里的粥？"

　　娜斯塔西娅·彼得罗夫娜看看自己的碗，也怒吼道："谁喝我碗里的粥了？"

　　可怜的米舒特卡看见空空的小碗，尖声尖气地哭起来："谁喝了我碗里的粥，还都喝光了！"

　　熊爸爸看看自己的椅子，又拉开可怕的大嗓门吼道："谁坐过我的椅子，都挪开了！"

　　熊妈妈看看自己的椅子，也吼道："我的椅子也挪开了！"

　　可怜的小熊看看那垮了的小椅子，尖声叫道："我的椅子，被弄坏了！"

　　三只熊来到另一间屋里。熊爸爸拉开可怕的大嗓门吼道："谁在我的床上躺过，把床铺弄乱了！"熊妈妈用不大的嗓门吼道："我的也是！"米舒特卡通过小板凳爬到自己的小床上后，就尖声叫起来："我的床也被躺过！"忽然间，小熊看见了小姑娘，它发出撕肝裂肺的呼喊，就像有人要宰它似的："是她！抓住，抓住！就是她！是她！哎——呀——呀！快抓住！"

　　米舒特卡想咬小姑娘。可是当小姑娘睁开了眼睛，看见三只熊，就连忙奔向了窗口。窗户开着，她从窗户跳出去逃走了。三只熊没能追上她。

忘我的兔子

有一次，兔子在狼的面前犯了罪。因为他在离狼窝不远的地方奔跑，被狼瞧见了他，便向他喊道：小兔儿！亲爱的！站住吧，那兔子不仅没站住，反而加快了步子。于是，狼三步两跳地马上把他捉住了，说道：我喊你，你不站住，现在我决定把你处以极刑，把你撕个稀烂。可是我肚子很饱，狼太太也很饱，而且我们还有能吃五天的存粮，所以先放过你，你就在这个小树丛旁边待着，不准跑，等候死期。说不定……哈哈……我会好心饶了你！

蹲在小树丛旁的兔子，一动不动。他心里只想着一件事：还有多长时间，我的死期就到啦。他瞧了瞧狼窝，那里有一双炯炯放光的狼眼盯着他。但有一次，情况更不妙了：狼先生领着狼太太，就在他身边的旷地上散步。他们不时地看他一眼，接着狼先生又对狼太太说了几句悄悄话，弄得两位都放声大笑：哈哈！后来狼崽子又跟着他们跑来，还跑到他跟前，欢快地摸摸弄弄，牙齿咬得咯吱咯吱直响，好像要把他吃掉似的……而他那颗心啊，简直快要跳出来了！

他从来不曾这样地喜爱生活。他看中一位兔寡妇的女儿，想和她结婚。这次也正是他跑去见他未婚妻的时候，就被狼揪住了。也许，未婚妻这时正在等他，她也许还以为：兔哥儿变心啦！也许她等着等着，就与别的兔子相爱了……但也有可能：可怜的兔姑娘在灌木丛里玩耍，就被狼一口吃掉啦！……

可怜的兔子一想到这些，眼泪就不由自主地扑簌簌地掉下来。唉，这都是兔子的美梦啊！他都打算要结婚了，买了茶炊，希望同年轻的未婚妻喝杯糖茶，但这一切都成了一场梦！啊哟，离死到底还有多久啊？

　　一天夜里，他坐着打瞌睡的时候，突然做了个梦。他梦见自己趁着狼出外视察的当儿，跑到兔姑娘那儿去做客……忽然觉得腰被撞了一下，仔细一看，原来是未婚妻的哥哥。

　　"你的未婚妻就快死啦，"他说道，"她听说你大祸临头了，就立刻病得不成样儿。现在之所以她还活着：只因为她还想与你见一面。"

　　可怜的兔子听见这话，心都要碎了。为什么？为什么他要这样命苦呢？他活得光明正大，不仅没有鼓吹革命，更没有拿起武器，他只因自己的需要奔跑，难道就因为这个就该死么？死！你们想想，这是什么字眼儿啊！现在要死掉的不光是他一个，还有她，他的灰兔姑娘，她的罪过仅仅是因为一心一意爱上了他，爱上兔哥儿啊！她错了吗？他巴不得现在马上就飞到她身边去，用前爪抓抓灰兔姑娘的耳朵，一个劲儿抚摸她的头和她一起奔跑。

　　"咱们逃跑吧！"这时哥哥说。

　　兔子听到这话，瞬间像变了个样儿。此时他躬起了身子，耳朵也贴到背上，只要那么一跳，就会逃得毫无踪影的。这时他本不该去看狼窝的，可他却偏偏看了一眼，于是兔儿又害怕了。

　　"不行呀，"他说，"没有狼的吩咐。"

　　这时狼在看着，听着，同狼太太悄悄地说着：他们应该是在夸奖兔子的高尚品德吧。

　　"咱们跑吧！"他又一次说道。

　　"不行呀！"死囚又重复地说了一遍。

　　"在说什么悄悄话，又在使什么坏主意呢？"忽然狼嚷起来。

　　这时两只兔子呆若木鸡了。这回使者也要倒霉了！唆使死囚逃跑——哎，依法该当何罪呀？唉，灰兔姑娘丢了未婚夫，现在又失去哥哥：狼先生和狼太太会把它们两个一起吃掉的！

　　兔哥儿忽然醒悟过来了，看见狼先生和狼太太都牙齿咬得咯吱直响，眼睛也像灯笼似的在黑暗中放亮。

"大人，我们真的没有说什么……只是随便谈谈。这位大哥只是看看我!"可怜的兔子结结巴巴说着，现在它吓得要死。

"问题就在这个'没有说什么'上呀! 我知道你们想什么呢! 可得小心防范! 快讲吧，到底是怎么回事?"

"是这么回事，大人，"未婚妻的哥哥说话了，"我的妹妹，也是他的未婚妻，就快要死了，所以恳请大人，能不能放他去跟她告别呢?"

"唔……听起来倒不错，未婚妻很爱未婚夫，"狼太太说道："这么来看，她会生许多兔崽子，给我们增添口粮的。我同狼先生也相爱，我们有许多孩子，它们很可爱，有好些能独立生活了，还有四个在我们身边。喂，狼先生! 放他去跟未婚妻告别好吗?"

"可是后天我们就该吃他啦……"

"大人，我保证我赶回来，眨眼工夫我就回来。总之，我怎么也会赶回来的!"死囚赶紧说。为了使狼不怀疑他的能力，忽然他装得像个英雄好汉似的，狼看了也不禁对它大为称赞，心想：我如果能有这样一位兵士该多好啊!

狼太太闷闷不乐了，说道：

"你看看! 这么一只小兔子，是多么爱他的兔姑娘啊!"

没有办法了，狼先生只能同意它去与未婚妻告别，但是要他如期回来。至于未婚妻的哥哥，他只能留下来作兔质了。

"如果两天以后早晨的六点钟你不回来，"他说，"我就把他吃掉。如果你回来，我两个都吃掉，不过也说不定……哈哈，可能我会饶了你们!"

兔哥儿上路了，它像一根离弦的箭。就这样跑着，大地仿佛在颤动。路上遇见山，他就翻过去；遇见河流，不管深浅，洇水而过；遇见沼泽，五下就跳过去了。这不是闹着玩的。他必须赶到七重天外，还要上澡堂洗个澡，还要结婚（他的心里每时每刻都有一个声音在念着："我一定要结婚!"），最后他还要赶回来给狼作早餐……

鸟儿们也对他的速度感到惊奇——他们惊讶地说：《莫斯科公报》不

是写，兔子是没有灵魂的，它只是一团热气——你瞧，他怎么着……好像在飞啊！

他终于跑到了。这时他究竟有多么快活——真没法表达呀。当灰兔姑娘看见自己的心爱人儿时，立刻病就好了一大半。她用后腿立起来，鼓挂到身上，还用脚爪敲着《骑兵快步进行曲》。这是她给未婚夫预备的礼物！而兔寡妇也简直开心得乱了章法，她不知请未婚女婿坐什么地方，吃什么东西才好。姑姑婶婶、干爹干妈、姊姊妹妹，都从四面八方跑来——大家都把看见新郎引以为荣，可也有人是想尝尝喜酒。

只有新郎仿佛心神不定似的。他还没与未婚妻说上几句话，就说：

"我马上洗澡去，咱们赶快结婚！"

"干吗这么急呀？"兔妈妈取笑他说。

"我还得赶快回去。我只有一天一夜假。"

于是他把自己的遭遇一五一十讲了一番，讲着讲着，眼泪都流下来了。他虽然不想回去，可怎么能不回去呢。你看看，有言在先啊，而兔子是信守诺言的。此时姑姑婶婶姊姊妹妹们作出了决定，他们大家异口同声说：兔哥儿，你说得对极了，既然有言在先，那就要信守！咱们全兔族内还从来不曾有过兔子说谎的事哩！

要说这兔子办事还真快。早上兔哥儿办了喜事，傍晚他就同新婚妻子告别了。

"狼会吃掉我的，"他说，"所以你要保重。如果生了儿子，一定要严加管教，最好送到马戏团去，那里不仅人家会教他们打鼓，而且还会教他们如何用豌豆开大炮呢。"

忽然，他又从沉思中（显然是想起狼了）补充说：

"说不定还会被狼……哈哈，算了……饶了我！"

说完眨眼就没影了。

当兔哥儿在这边又吃又喝大办喜事的时候，狼窝那广阔无垠的地方，却不断地发生天灾：一个地方是下着倾盆大雨，因此兔子原来轻易渡过的那条小河，现在却泛滥成灾，河面宽达十里了，过不去了；另一个地方，是安德隆王向尼基大王宣了战的战场，正是兔子的必经之路；第三个地方，出现了霍乱，必须绕过一百里地的隔离区……除此之外，各个地方还不时的有狼、狐狸、枭鸟——他们守得十分严密。

兔哥儿是聪明的，他早作好了打算，多留了三小时以防意外的出现，然而障碍却接踵而至，让人应接不暇，他连心也冷了。黄昏薄暮时他在奔跑，夜深露重时也在奔跑，腿子给石头碰伤了，腰毛也被带刺的桠枝扯得乱蓬蓬的，好像一片一片挂在身上似的；他眼睛花了，嘴上流着血，可是他还有很多路要跑啊！而且他那英勇的兔质朋友，又好像活生生地在他眼前晃动。这阵子他在狼那里，心里一定在想着：再过不久，亲爱的妹夫就来救我啦！他想到这些，就跑得更快了。高山、深谷、树林、沼泽——全都忽略了！好多次他的心都要裂开，他还是时时刻刻管束着自己的心，以防那些毫无益处的激动转移他的主要目标。现在不是痛心，更不是流眼泪的时候，让一切感情都沉默吧，救出朋友最要紧啊！

现在天已经亮了，枭鸟，夜猫子，蝙蝠这些夜间活动的动物都回窝去了。空中袭来一阵寒气，四周变得死一般寂静了。可是兔哥儿没有停留仍然在跑，他现在唯一的心事就是：难道朋友我真救不了吗？

东方微微变红了。起初，遥远地平线的云朵上面，冒出一点火苗，然后越烧越旺，突然仿佛成了一片红红的火焰！在草上的露水也燃烧起来了；活动在白天的鸟儿也醒来了；蚂蚁、虫蛆、甲虫都爬起来了。此时不知从什么地方飘来一缕青烟，草丛中响起一阵阵私语般的声响，真的越来越清晰，越来越清晰了……可是兔哥儿什么都不能去看，什么都不能去听，他只是不停地说着：都是我害了我的朋友啊，害了我的朋友啊！

现在终于出现一座山。山那边就是沼泽了。而沼泽中间就是狼窝了……迟了，兔哥儿，你真的来迟了！

兔子鼓足最后的力气，准备跳过山峰……奇迹呀……他跳过去啦！但他已经筋疲力尽，他再也跑不动了，他倒下了……难道他真的跑不到了吗？

狼窝就近在眼前，可以看的那么清楚。远远的钟楼上，正敲响六点的钟声，钟声每响一下，就像一把铁锤一样打在这只疲惫不堪的小兔子心上。就在最后一下钟声要响起的时候，狼先生马上从狼窝里走出来，他一步一步走着，乐得直摇摆尾巴。此时他向兔质走去，不仅用爪子抓住他，还把爪子伸到肚子上，就准备要把他撕成两半了：一半是自己的，另一半给狼太太。狼孩子也在，他们围在爹妈身旁，咯吱咯吱地咬着牙齿，学得真像。

"我就在这儿！在这儿呀！"兔哥儿大喊一声。声音好像千千万万只兔子齐声叫喊似的。接着他便是一个倒栽葱，从山上滚到沼泽里了。

狼先生夸奖了一番。

"兔子是可以信任的。"他说，"现在我来裁决你们：暂时你们两个都坐在这小树丛旁边，以后……以后我会把你们……哈哈……都饶了的！"

小磨盘

很久很久以前有一个老头子和一个老太婆，他们也没有任何家产，唯一有的是一个小磨盘和一只公鸡。

这是一个有神奇魔力的小磨盘，老头子只将一粒粮食放在磨盘里，转动几下就会流出一整桶面粉。因此，那只一直陪伴在老两口身边的公鸡也有充足的粮食吃了。

在老两口住的地方，有一个恶毒的大地主，他听说这老两口有一个非常神奇的磨盘，就处心积虑要将小磨盘弄到手。

一天夜晚，地主来到了老人家的门口，说是由于自己外出打猎，太远了来不及回家，乞求在这里住一夜。

老头知道他要借宿，想谁都有困窘的时候，就马上答应了。当老两口刚睡下，地主就把小磨盘偷走了。直到做早饭时，他们才发现小磨盘不见了，而且借宿的地主也不知什么时候走了。老两口只能饿着肚子。后来他们俩不得不哭泣着咒骂地主可恶。大公鸡在一边听着听着，也不由得难过起来。过了一会儿，大公鸡向他们说：

"你们也不要再哭了，我一定会想办法把小磨盘找回来！"

"你有什么方法能将小磨盘弄回来呀？"老两口问道，"那可恶的地主，他连家门都不会让你进去的。"

公鸡鼓起勇气说，"那没关系，我一定要把它找回来，就算我倒下了，也要把小磨盘弄回来。"

公鸡说罢，就离开了家，向地主家的院子飞了去。

公鸡飞过田野，飞过河流，迎面遇到一只兀鹰。

"公鸡，"兀鹰问，"你这么着急飞到哪里去啊？"

"我要去地主家。"

"到地主家去干嘛？"

"昨晚，地主到我主人家乞求借宿，半夜，他将主人的小磨盘偷走了。我要向地主要回小磨盘。"

"那你带着我一块飞，我们一块去。"

"那好吧，你就爬到我的神奇口袋中来吧。"

于是，兀鹰爬到了公鸡的神奇口袋里。

公鸡继续向前飞去，在途中又碰到了獾、狐狸和狼。它们得知可恶的地主干的坏事后，都希望公鸡带它们一块去。公鸡非常感激它们。就带着他们一起去了。

公鸡飞呀，飞呀，终于飞进了地主家的院子里。这天，地主恰好请了许多人来做客。这时客人们有的在吃饭，有的在喝酒，还有的在散步，所有的门窗都开着。公鸡慢慢地停落在地主家的窗台上，扑动了几下翅膀，放开大嗓子大声唱起来了：

"咕加哩咕，借口住宿偷磨盘，狠心地主活不长，如不快将磨盘还，定将你家闹翻天。"

公鸡的歌声，让老地主当众出了丑。于是，他恼羞成怒地大声呼唤起来："仆人们都快过来，抓住这个长舌鬼，将它扔进鸡笼，让里面的群鸡啄死它！"

仆人们捉住了大公鸡，扔进鸡笼以后，他们立刻就离开了。

这时公鸡喊道："兀鹰，兀鹰快出来，把地主的鸡都啄死！"兀鹰出来之后，很快啄死了所有的鸡，就飞回森林中去了。公鸡接着又飞回窗台上唱道：

"咕加哩咕，借口住宿偷磨盘，狠心地主活不长，如不快将磨盘还，定将你家闹翻天。"

"啊！怎么回事！"地主看见公鸡后喊道，"我的群鸡怎么没啄死它？仆人们！快将这长舌鬼抓住，这次将它捉进鹅舍，让群鹅把它拧死。"

　　仆人们又将公鸡扔进了鹅棚。然后公鸡对狐狸说：

　　"快出来，狐狸姐姐，这次靠你将鹅都咬死。"

　　狐狸跳了出来，咬死了所有的鹅，接着自己跑回森林去了。公鸡又飞到窗台唱了起来：

　　"咕加哩咕，借口住宿偷磨盘，狠心地主活不长，如不快将磨盘还，定将你家闹翻天。"

　　"哎呀！我的群鹅难道也没拧死它？仆人们！快把它关进猪圈去，让我的猪把它咬死！"

　　仆人们立刻把公鸡关进猪圈。公鸡在那里又对獾说："獾呀獾，你快出来把猪咬死。"

　　獾跑出来后，迅速地把所有的猪都咬死了，然后也跑回森林去了。

　　公鸡再次飞到窗台上唱了起来：

　　"咕加哩咕，借口住宿偷磨盘，狠心地主活不长，如不快将磨盘还，定将你家闹翻天。"

　　"啊！怎么回事！我的猪难道也没有咬这只鸡？"又听到公鸡的唱歌声后地主喊道："仆人们，快去把公鸡扔进牲畜栏，这次让马群将它踢死。"

　　在牲畜栏里公鸡对狼说："狼呀狼，你快出来吧，将马都咬死。"狼窜了出来，将马都咬死了，然后它也跑回到森林里去了。公鸡又飞回到窗台上，唱起了歌来：

　　"咕加哩咕，借口住宿偷磨盘，狠心地主活不长，如不快将磨盘还，定将你家闹翻天。"

　　地主这次可急坏了，他对公鸡大声呼唤起来："我把你送到厨师那儿，烤死你，看你还会不会长舌！"于是他就命令仆人们，把公鸡抓住杀了，送去厨师那里去烤。

　　不一会儿，厨师把烤熟的公鸡放进盘子里，送到地主跟前。地主一下抓起公鸡，狠狠地把公鸡一口吞了下去。而公鸡却在地主的肚子中复活了，而且还在他的右耳朵里唱起歌来：

"咕加哩咕，借口住宿偷磨盘，狠心地主活不长，如不快将磨盘还，定要叫你一命亡。"

地主按着肚子嚷道："快！仆人们，快拿斧头来，把这只坏蛋砍死呀！"

仆人们拎起斧头，一斧头砍了下去，地主的右耳被砍掉了。而公鸡又在他的左耳朵里唱起歌来。

地主一手捧着肚子，另一只手拿着被砍掉的耳朵，又大喊起来："你们砍呀！仆人们，砍死这可恨的东西。"

仆人们一下子又砍了下去。他们哪里砍得了公鸡，却又砍掉了地主的左耳。地主痛得哇哇大叫了起来，他的手也不知向哪里摸好。他的嘴里又传出了公鸡的歌声。

"你们砍呀！仆人们，砍死它！快砍死它！"

这下子仆人砍掉了地主的舌头，却怎么也砍不到公鸡的一根毛。

这时，从地主的嘴里公鸡飞了出来，又返回到了窗台上，一边又唱起歌来一边休息。

地主已经失去了两只耳朵，连说话的舌头都被砍掉了，另外还有自己所有的牲畜家禽，也都被公鸡弄死了。可恶的地主现在是无路可走了。他明白如果再不给公鸡磨盘，那自己的性命也保不住了，于是，他只得搬出小磨盘，交给了公鸡。公鸡拿过小磨盘，两只脚夹住，立即展开双翅回家了。

老太婆和老头看见公鸡真的把小磨盘找回来了，极其高兴，老两口从心底里感谢公鸡对他们的帮助。为了感激它，老两口又从小磨盘里磨出了许多面粉，做出了各种各样的面包和糕饼，来招待这只勇敢的公鸡。

神奇的衬衫

很久以前，有一个富商，死后留下已经成年的三个儿子。两个大的整天混在一起，常常外出去打猎。为了强占老三伊凡的那份家产，他们想出了一个坏主意：一天，哥俩跑到母亲那里请求，让伊凡和他们同去打猎，母亲答允了。就这样他们故意把伊凡带进了一片浓密的大森林，并且要他留在那里不能离开。就在这时他俩把家产二一添作五分光了。

而忠厚的伊凡就在无边无际的森林里转游了好多时间，肚子饿了就找点菜根或野果来充饥。他走啊，走啊，最终走出了森林，来到了一个非常美丽的平原上。他抬头一望，不远的草地上有一所房子。他走进房间看了看，里面空空的，什么都没有。最后他看到有一间房的桌子上放着三只盘子，每个盘子上放着一块面包，面包的旁边放着一瓶酒。伊凡非常高兴，他把每个面包弄下一小块，每瓶酒里倒出一点点，一口酒就一块面包，满满地吃了一顿。此后，他藏在门后仔细观察动静。

忽然，一只山鹰冲进屋里来了。只见它一头碰到地上立即变成了一个英俊的小伙子。接着又飞进来一只麻雀和一只斑鸠。它们也是往地上一冲，然后就立刻变成了两个精明的小青年。后来，他们三人围坐到桌子周围就吃起来了。

"哎呀，我们的酒和面包好像有人动过。"山鹰突然说。

斑鸠附和着说："真的，看样子是有生人到我们这里来做客了。"

随即，他们三个就开始随处寻找起来，找了好久什么也没有发现。就在这时，山鹰扯开嗓子说道："你给我们出来吧，客人！你如果是个老头子，我们就把你当爸爸；你要是个年轻人，我们就当你是兄弟；你要是个老太婆，我们就把你当母亲；要是个大美人，我们就当你是妹妹。"伊凡听了这些话非常感动，他从门后边缓缓地走出来。那兄弟三个对他果然很亲热，相互之间也都是称兄道弟，相处得非常和美。

有一天，山鹰叫伊凡过来对他说："伊凡，我想让你留下来帮我们做件事，不知你是否愿意?""什么事? 愿意。""很简单，就是在明年的同一天，你帮我们收拾好桌子，摆上菜、酒。""那好吧，我一定照办。"伊凡立刻答应了。说完，山鹰把所有房子的钥匙都交给了伊凡，并且让他到处看，到处走。噢。很快伊凡发现了，挂在墙上的那把钥匙他们没有递给他。后来，三个小伙子立刻变成三只鸟——山鹰、麻雀和斑鸠——一起飞走了。

从这以后，大房子里就留下伊凡一个人了。一天，他在院子里走着，突然发现地上有一扇牢固的门，上边悬着一把大铁锁。他想探个究竟，就拿起手上的钥匙试着开，可是，任意一把钥匙都打不开。正发愁的伊凡，忽然想起了房里墙上悬挂着的那把钥匙，他就立刻跑回去取了下来，谁知道钥匙往里一插锁就被打开了。他打开门一看，原来是个宽敞幽深的地窖，里面拴着一匹魁武的骏马，那马背两边各挂着两只口袋：一袋装着宝石，一袋装着金子。伊凡盯着这一切，就不由自主地用手抚摸这匹马，没想到却被一脚踢出了门外。被踢昏了的伊凡倒在地上沉沉睡去，一直睡到那三个鸟兄弟要飞回来的那一天才醒了过来。伊凡醒来大吃一惊，就匆匆锁好地窖的门，把钥匙放回了原来的地方。刚刚拉开桌子，摆出盘子，他的那三个鸟兄弟就飞进了屋子坐下来吃起午饭来了。

第二天，斑鸠请求伊凡接着留下来继续为他们效劳一年，伊凡又同意了。三个鸟兄弟离开以后，伊凡又跑到院子里，用那把挂在墙上的钥匙打开了另外一个地窖的门。这个地窖里也拴着一匹魁武的骏马，那马背上还是挂着两只口袋——一口袋宝石，一口袋金子。他又用手去摸这匹马，没想到又被踢出了门外。于是，又同上次一样，伊凡一觉睡到那三个鸟兄弟飞回来的那一天才醒了过来。他匆匆准备好午饭、酒，收拾好桌、椅，三个鸟兄弟进了屋和他打过招呼就吃起了午饭。

第二天早晨，麻雀又请伊凡留下来为他们再效劳一年，他也答应了。三兄弟又变成了三只鸟飞走了。这一次伊凡哪儿也没去，什么也没有做，一个人单独整整地过了一年。等到三兄弟要回来的那一天他又摆好桌子，准备酒菜，迎接他们。三个鸟兄弟飞进屋里后向他问了好，又吃起了午饭来。

吃完午饭，山鹰大哥说道："谢谢你的效劳，伊凡。这是我送你的一匹骏马，它的背上有两只口袋，一袋宝石，一袋金子。"二哥斑鸠又把另一匹骏马也给了伊凡。三哥麻雀送伊凡的却是一件衬衫。麻雀给伊凡说："伊凡！收下吧，穿上这件衣服你就会变得刀枪不入，天下无敌。"

伊凡向三个鸟兄弟深深地致谢鞠躬，怀着十分兴奋的心情告别了这三个恩人。他穿上衬衫，骑上骏马直向叶列娜·帕列克拉斯娜娅求婚去了。由于这个美人曾张榜声明：谁要是能打败恶魔兹明伊·戈雷内契，她就嫁给谁。

伊凡向兹明伊·戈雷内契发起攻击，并且击倒了对手。但当伊凡准备割下他的头时，这个狡猾的家伙却苦苦恳求说："求求你，不要杀我！请你把我带走，我会成为你的一个忠实的奴仆。"伊凡心软了，他不仅收留了兹明伊，而且还把他带到叶列娜的面前。不久，伊凡和叶列娜结婚了，兹明伊也当上了大厨师。

一次，伊凡外出打猎，兹明伊乘机勾引了叶列娜，并且向她打听，伊凡的智慧和力量是从哪里来的。从这以后，兹明伊制了一种烈性酒交给叶列娜。这个狠毒的女人居然用酒把自己的丈夫灌醉后，问他："快告诉我，你的智慧藏在哪儿？"伊凡胡乱说："我的智慧就藏在伙房的那把扫帚里。"叶列娜把扫帚涂上各种颜色放在显眼的地方。伊凡打猎归来，看见那把五颜六色的扫帚就问叶列娜："为什么涂成这样？""因为你的智慧和力量就在里面呀！""哈哈，你个蠢货。我怎么能告诉你？你以为真的能藏在扫帚里吗？"

叶列娜再次用烈酒灌醉了伊凡，继续问他：

"告诉我，亲爱的，你的智慧和力量到底藏在哪儿？"

"真的藏在公牛的犄角上。"

于是她又命令把牛角染色。又过了一天伊凡打猎归来看见公牛，就问叶列娜：

"这是什么意思呀？为什么把牛角都染上了颜色？"

"你又问我为什么！你的智慧和力量都藏在那儿呀！"

"哈哈，你真蠢！我的智慧和力量怎么会藏在牛角里呢？"

叶列娜第三次用烈酒灌醉丈夫后，接着问他："告诉我，亲爱的，你的力量在哪里你的智慧哪来的？"

终于这一回伊凡把秘密告诉了妻子：

"我的智慧和力量就在衬衫里。"

伊凡说出真相以后就呼呼地睡着了。狠毒的叶列娜立即脱下伊凡的衬衫，并命仆人把伊凡扔到荒郊野外去了。从此以后，叶列娜就和兹明伊在一起了。

可怜的伊凡光着身子在旷野里睡了三天三夜。第四天，一群乌鸦飞到他的身旁正要啄食他时。山鹰、斑鸠和麻雀飞过这里，看到这位弟兄，决定帮助他。说时迟，那时快，山鹰一个俯冲，居然用翅膀搧死了一只小乌鸦，其余乌鸦都被吓呆了。此时山鹰对一只老乌鸦说："你快去衔一些死水和活水来！"老乌鸦遵命，带领一大群乌鸦迅速地衔来了很多的死水和活水。三兄弟迅速地把伊凡抬着放在一块平坦的地方，先用死水洒在他身上，再用活水擦洗他的全身。不一会儿，伊凡就醒过来了。他起身来深深地鞠了一躬，含着泪水感谢了这三个兄弟的救命大恩。三兄弟又送给伊凡一枚金戒指。他刚刚接过来戴在手上，戒指就变成了一匹骏马。于是，伊凡骑上骏马直接向叶列娜的家奔去。

不料，秘密被兹明伊知道了。他命人把伊凡骑来的马逮住，藏在马厩里，第二天清早就把它杀死。杀马的消息被叶列娜身旁的女仆听到了，她非常难受，跑到马厩对着这匹骏马流眼泪，自言自语地说："哎呀！可怜的马儿，明天你就要被杀死啦！"那匹马也望着女仆说起话来："好心的姑娘，明天务必请你赶到杀我的地方，用脚踩住我溅到地上的血，然后收集起来撒在院子的周围。"

第二天清晨，马真的被杀掉了。女仆按照嘱咐做了。没多久，院子周围就长出了一排排整齐的树林。兹明伊又让人把树木统统砍掉，然后烧光，姑娘又伤心起来。她最后一次走进院子散步，望着这些可爱可怜的树木。突然，又有一棵树说起话来："姑娘，我们就要被毁掉了，请你明天拿走一根树枝，投到湖里去。"

第二天，姑娘偷偷地拣起树枝投到湖里。刹那间，湖面上出现了一只金色的大公鸭。然而此时兹明伊打猎来到湖边，他一见金色的大公鸭就眼馋了，心里想着，让我来逮只活的。于是，他赶紧脱下了伊凡那件神奇的衬衫，跳进湖里拼命地向大公鸭游去。然而，公鸭越游越远，一直把兹明伊引向深渊。最后，公鸭展翅飞上岸变成了一个精明英俊的小伙子，他重新穿起那件神奇的衬衫也打死了兹明伊。

伊凡来到了叶列娜的宫殿里，第一个就杀死了这个狠毒的女人，并和仆人——那个善良的女仆结婚了。

聪明的农夫

在一个村庄里住着两个农夫。一个富裕，一个贫穷。

富农夫家里当然一切东西都很充足了，然而穷农夫家里有许多孩子，他全部财产就是一只鹅。

农夫已经穷到了没有东西可以给孩子们吃的地步，现在可如何是好呢？

怎么办呀，给孩子们弄什么吃呢？他想了又想，最后终于想出了一个主意：

"烤鹅吧，女主人。"

鹅烤好了，端上餐桌，可是却一点面包也没有。

农夫说：

"唉，没有面包的饭怎么吃，一只鹅能吃多久呢？还是让我把鹅给老爷送去，再向他借一点粮食吧。"

"去吧，去吧，"妻子说，"也许他会给半袋面粉。"

农夫来到老爷家，说：

"我给你送来了一只烤鹅，请不要嫌弃，收下吧，只要给我一点点面粉就行了，因为我没有东西可给孩子们吃了。"

"好吧，"老爷说，"你送一只鹅，那我也给你一次机会，如果你能把鹅平分给我们全家享用，我就奖赏你，否则，我将下令鞭打你，就这样办吧。"

老爷家里一共有六个人：老爷和妻子，两个儿子和两个女儿。

农夫要了一把刀，就开始分鹅了。他先割下鹅头，把它献给老爷，并说：

"你是一家之主，当然给你鹅头。"

接着割下鹅屁股，献给太太说：

"你待在家里，守着房子，鹅屁股当然分给你。"

再切下两只鹅掌，分给两个儿子：

"你们一人分一只鹅掌，希望你们按父亲的路走下去。"

分给两个女儿一人一只鹅翅：

"女儿不会跟父母一辈子的，终有一天，你们会飞走，要去营造自己的窝。"

剩下的他留给了自己：

"我既无知又愚蠢，所以只好啃鹅身了。"

老爷笑了，说道：

"好，聪明的农夫，你把鹅分得很好，还没有让自己吃亏。"

他递给农夫一小杯酒，并吩咐下人赏给他两袋面粉。

富农夫听说了，非常嫉妒穷农夫。

他烤了五只肥鹅去找老爷，叩求道：

"请别嫌弃，老爷，我希望你收下这五只肥鹅。"

"老弟，谢谢，谢谢。你能来送鹅。那你应该就能把鹅平均分给我们全家。如果分得令我们满意，我将奖赏你，否则，就要叫人把你鞭打一顿。"

富农夫站在那儿，东比量西比量，可是没有丝毫办法把五只鹅平均分成六份。

老爷又把穷农夫叫来，说道：

"你能够把五只鹅平均地分给我们六个人吗？"

"当然！"穷农夫马上回答道。

他首先把一只鹅端给老爷和太太：

"你们两个人，我再给你们一只鹅，现在就成了三个了。"

又把另一只鹅端给老爷的两个儿子：

"现在你们也是三个了。"

接着把第三只鹅端给老爷的两个女儿：

"你们也是三个啦。"

剩下的两只鹅他留给了自己：

"我们也是三个。很平均，咱们谁也不吃亏。"

老爷大笑了起来：

"好，好样的，农夫，知道怎样分鹅，并且还是没有忘掉自己。"

他递给贫农夫一小杯酒，再吩咐给他一大车面粉，同时命人把那个富农夫鞭打一顿。

狼和小羊

弱者在强者面前总是有罪的。历史上这样的例子很多。可是我们不是在谈历史，寓言里也是这样讲的。

有一只小羊，在大热天走到小河边去喝水，也活该它倒霉，正好碰到一只饿狼在那儿徘徊。饿狼暗下决心：一定让它成为我的午餐，可是为了找一个冠冕堂皇的借口，狼吆喝道：

"你好大胆子呀，敢用你的脏鼻子，把我的清水搅浑浊？嘿，你还敢笑？看我不把你的傻脑袋摘下来！"

"要是大王准许，我斗胆报告，我在离开大王一百步的下游喝水。我做错了什么，招大王发怒？我怎么也不可能弄脏大王的水呢，即使我存心弄脏也没可能呀！"

"你这样说来，倒是我的错了！你这个混蛋！过去谁说过这样无礼的话，好耳熟呀！噢，我想起来了，两年前我走过的时候，你就是站在这儿说的。伙计，我想起来了，忘不了！"

"的确是你错了。我现在还不满一岁呢。"可怜的小羊答道。